DISCARD

Al servicio del italiano
India Grey

HARLEQUIN™

Editado por HARLEQUIN IBÉRICA, S.A.
Núñez de Balboa, 56
28001 Madrid

I.S.B.N.: 978-84-671-9965-9
Depósito legal: B-7358-2011
Editor responsable: Luis Pugni
Preimpresión y fotomecánica: M.T. Color & Diseño, S.L.
C/ Colquide, 6 portal 2 - 3º H. 28230 Las Rozas (Madrid)
Impresión en Black print CPI (Barcelona)
Fecha impresion para Argentina: 10.10.11
Distribuidor exclusivo para España: LOGISTA
Distribuidor para México: CODIPLYRSA
Distribuidores para Argentina: interior, BERTRAN, S.A.C. Vélez
Sársfield, 1950. Cap. Fed./ Buenos Aires y Gran Buenos Aires,
VACCARO SÁNCHEZ y Cía, S.A.
Distribuidor para Chile: DISTRIBUIDORA ALFA, S.A.

Capítulo 1

UN BUEN partido.

Sarah se quedó paralizada en medio del aparcamiento y apretó en su puño el sobre que sujetaba en la mano.

Tenía que elegir un buen partido. Pero como había fallado por completo en encontrar uno en la vida real, sus posibilidades de éxito aquella noche no eran muchas.

Un poco más adelante de los Mercedes y BMWs que había aparcados a la entrada del pub más de moda de Oxfordshire, podían observarse los valles, arroyos y bosquecillos junto a los que ella había crecido. Bajo el sol veraniego tenían un precioso aspecto dorado.

Sintiendo como la adrenalina le corría por las venas, pensó que no tenía por qué entrar en el pub, no tenía que participar en aquella estúpida despedida de soltera ni ser el objeto de las bromas de todas... Sarah, con casi treinta años, iba a quedarse para vestir santos.

Se pasó una mano por sus enredados rizos y suspiró. Esconderse en la copa de un árbol podía resultar mucho más apetecible que entrar en un pub y te-

ner que buscar un buen partido, pero a sus veinti-
nueve años resultaba menos respetable. Y no podía
estar el resto de la vida escondiéndose. Todo el
mundo decía que debía enfrentarse de nuevo a la realidad por el bien de Lottie. Los niños necesitaban dos
progenitores. Las niñas necesitaban un padre. Antes
o después debía por lo menos intentar encontrar a alguien que llenara el repentino hueco dejado por Rupert. Aunque sólo de pensarlo se ponía enferma.

Cuando por fin entró en el oscuro local, con una
temblorosa mano se metió el sobre en el bolsillo trasero de sus pantalones vaqueros. Durante los años
que había estado alejada de Oxfordshire, The Rose
and Crown había cambiado mucho. Había pasado
de ser un pequeño pub rural con envejecidas mo-
quetas y paredes ennegrecidas por el humo a un
templo del buen gusto.

Disculpándose al abrirse paso entre la gente, se
acercó a la barra y miró a su alrededor. Las puertas
que daban al jardín del local estaban abiertas y vio
a Angelica y a sus amigas alrededor de una gran
mesa. Era imposible no verlas; formaban el grupo
más ruidoso y glamuroso del lugar, el grupo que
atraía todas las miradas de los hombres que había
alrededor. Todas llevaban puesta la camiseta que
les había dado la dama de honor principal de Angelica, Fenella, una estilizada joven que trabajaba
como relaciones públicas y que era responsable de
aquella estúpida reunión social. En las camisetas,
que eran de talla pequeña, podía leerse en letras rosas, *La última juerga de Angelica.*

Con disimulo, Sarah intentó estirar la suya para que le cubriera la cintura. Ésta le había quedado al descubierto por encima de los demasiado apretados pantalones vaqueros que llevaba. Tal vez, si hubiera cumplido con la dieta que había prometido hacer aquel año, en aquel momento estaría riéndose junto a sus amigas e incluyendo algún soltero más en su lista de amantes. Si fuera más atractiva, quizá no estuviera necesitada de encontrar un buen partido ya que tal vez Rupert no hubiera sentido la necesidad de comprometerse con Julia, una fría rubia que era analista de sistemas. Pero demasiadas noches, mientras Lottie dormía, se había quedado en el sofá con la única compañía de una botella de vino barato y una caja de galletas...

Aunque sin duda iba a intentar perder algunos kilos hasta la boda, que iba a celebrarse en la antigua casa que Angelica y Hugh habían comprado en la Toscana y que estaban reformando.

Fenella, que volvía a la mesa con una bandeja llena de coloridas bebidas, la vio.

–¡Aquí estás! Pensábamos que no ibas a venir –le dijo–. ¿Qué quieres beber?

–Oh... sólo quiero tomar una copa de vino blanco –contestó Sarah.

Fenella se rió. Al hacerlo, echó la cabeza para atrás y captó la atención de todos los hombres que había alrededor.

–Buen intento, pero creo que no. Mira en tu sobre... es el siguiente reto –comentó, esbozando una sonrisita. A través de la muchedumbre reunida en el bar, se acercó a la puerta del jardín.

Con el corazón revolucionado, Sarah tomó el sobre del bolsillo trasero de sus pantalones.

Tras leer la siguiente instrucción, emitió un gemido de consternación.

El guapo camarero que había detrás de la barra la miró y negó con la cabeza de manera obvia, lo que ella interpretó como una cansina invitación para que pidiera. Se ruborizó intensamente.

–Me gustaría tomar un Orgasmo Ruidoso, por favor –dijo con la voz entrecortada.

–¿Un qué? –preguntó el camarero, levantando una ceja de manera desdeñosa.

–Un Orgasmo Ruidoso –repitió Sarah, abatida.

Le quemaban las mejillas y sintió como si alguien estuviera observándola. Desesperada, pensó que desde luego que estaban observándola; todas las amigas de Angelica habían dejado apartadas sus tácticas de flirteo para poder mirarla a través de la puerta del jardín.

–¿Y eso qué es? –preguntó el camarero, echándose para atrás su rubio flequillo.

–No lo sé –contestó ella, levantando la barbilla–. Nunca he tomado uno.

–¿Nunca ha disfrutado de un Orgasmo Ruidoso? Entonces, por favor, permítame... –dijo alguien detrás de ella con una voz profunda y rica, una voz con acento.

Sarah no pudo identificar de dónde era aquel hombre, al que parecía divertirle aquello. Se dio la vuelta, pero debido a la aglomeración que había en la barra le resultó imposible poder ver bien a aquel extraño; estaba de pie justo detrás de ella, era muy alto y tenía la piel aceitunada.

–Es una combinación de vodka, Kahlua y Amaretto... –le explicó él al camarero.

Aquel hombre tenía una voz increíble. Era italiano. Finalmente ella pudo identificar su acento debido a la manera en la que dijo Amaretto, como si fuera una promesa íntima. Sintió una extraña sensación en la pelvis y como se le endurecían los pezones.

No sabía qué estaba haciendo. Sarah Halliday no permitía que hombres desconocidos la ayudaran. Era una mujer adulta con una hija de cinco años. Había estado enamorada de un mismo hombre durante siete años. No era su estilo desear a desconocidos.

–Gracias por su ayuda –ofreció–. Pero puedo ocuparme yo –añadió, mirándolo de nuevo.

Sintió un nudo en el estómago. El hombre tenía el pelo oscuro, unas facciones angulares y una fuerte mandíbula cubierta por una barbita de tres días. Exactamente lo contrario al aspecto impecable y muy inglés de Rupert, que era el prototipo de chico dorado.

El atractivo hombre se giró para mirarla. Tenía los ojos tan oscuros que Sarah no fue capaz de diferenciar el iris de la pupila.

–Me gustaría invitarla –ofreció de manera simple, impasible.

–No, de verdad –contestó ella–. Yo puedo...

Con manos temblorosas, abrió su bolso y rebuscó en éste, pero la reacción que había sufrido a la altura de la pelvis estaba poniéndole difícil pensar con claridad. Aturdida, se dio cuenta de que sólo llevaba unas pocas monedas. Recordó que le había dado a Lottie para la caja de las palabrotas el último billete que había llevado. La política de su hija acerca de las palabrotas era draconiana y, como había introducido un sistema de multas, muy lucrativa. Estaba claro que había heredado de su padre el buen ojo para los negocios. Lo frustrada que había estado ella debido a aquella despedida de soltera le había costado muy caro.

–Son nueve libras con cincuenta –dijo el camarero, mirándola fijamente.

A Sarah aquel precio le pareció desorbitado. Había pedido una bebida, no una comida completa. Horrorizada, volvió a buscar en su bolso pero, cuando levantó la mirada, vio que el atractivo italiano estaba dándole al camarero un billete y que, a continuación, se alejaba de la barra con la bebida. Sin pensar, siguió a su salvador y no pudo evitar admirar la anchura de sus hombros.

Él se detuvo al llegar a la puerta del jardín y le entregó la bebida, que tenía un aspecto lechoso.

–Su primer Orgasmo Ruidoso. Espero que lo disfrute –comentó sin ninguna expresión reflejada en la cara y con un tono de voz diligentemente cortés.

Al tomar ella el vaso, los dedos de ambos se rozaron y sintió como una corriente eléctrica le recorría el brazo. Apartó la mano tan bruscamente que parte del cóctel le salpicó la muñeca.

–Lo dudo –espetó.

Las oscuras cejas de aquel extraño reflejaron cierta burla.

–Oh, Dios, lo siento tanto –se disculpó Sarah, horrorizada ante lo grosera que había sido–. Ha sido muy maleducado de mi parte decir eso después de que usted me haya invitado al cóctel. Es sólo que no es algo que normalmente elegiría, pero estoy segura de que estará delicioso –añadió, dando un largo sorbo a la bebida–. Está... muy rico.

Él la miró a los ojos fijamente.

–¿Por qué lo ha pedido si no es de su gusto?

–No tengo nada en contra de los orgasmos ruidosos, pero... –comenzó a explicar ella, mostrándole el sobre– todo esto es un juego. Es la despedida de soltera de mi hermana...

Tras decir aquello, pensó que debía haberle explicado a aquel extraño que la que iba a casarse era en realidad su hermanastra. Sin duda, él estaría preguntándose cuál de las numerosas bellezas que había congregadas en el pub podía compartir un conjunto de genes completo con ella.

–Me lo imaginé –comentó el italiano, mirando la camiseta que Sarah llevaba puesta y al numeroso grupo de mujeres que había en el jardín–. No parece que lo esté pasando tan bien como las demás.

–Oh, no. Estoy divirtiéndome mucho –respondió ella, forzándose en parecer convincente. Volvió a dar un trago a aquel desagradable cóctel e intentó que no le diera una arcada.

Con delicadeza, aquel extraño tomó el vaso de sus manos y lo dejó sobre la mesa que había tras ellos.

–Es usted una de las peores actrices que he conocido en mucho tiempo.

–Gracias –dijo Sarah entre dientes–. Mi prometedora carrera como actriz de Hollywood se ha echado a perder –bromeó.

–Créame, era un cumplido.

Ella levantó la mirada y se preguntó si él estaba tomándole el pelo, pero la expresión de su cara era extremadamente seria. Durante un momento, se miraron fijamente a los ojos. El intenso deseo que se apoderó de su cuerpo le sorprendió mucho. Sintió como se ruborizaba.

–¿Qué más cosas tiene que conseguir? –preguntó el italiano.

–Todavía no lo sé –respondió Sarah, dirigiendo la mirada al sobre que tenía en las manos–. Todo está aquí. Cuando se consigue uno de los retos, se abre el siguiente.

–¿La bebida era el primer reto? –preguntó él, esbozando una sonrisa.

–En realidad, era el segundo. Pero me rendí con el primero.

–¿Qué era?

Ella negó con la cabeza y permitió que el cabello le cubriera la cara.

–No tiene importancia.

Pero aquel hombre tomó el sobre de su mano con delicadeza. Durante un segundo, Sarah intentó recuperarlo, pero él era demasiado fuerte. Avergonzada, apartó la mirada cuando su acompañante abrió el sobre y leyó la primera instrucción que éste contenía.

–*Dio mio* –dijo el italiano con desagrado–. ¿Tiene que conseguir un «buen partido»?

–Sí, algo que no se me da muy bien precisamente –contestó ella, consciente de que su hermana y Fenella estaban mirándola–. Supongo que usted no será uno, ¿verdad?

Volvió a ruborizarse intensamente al darse cuenta de que parecía estar desesperada.

–Lo siento –se disculpó–. Finjamos que nunca he preguntado eso...

–No –respondió el hombre lacónicamente.

–Por favor... –suplicó Sarah, clavando la mirada en el suelo– olvídelo. No tiene que responder.

–Acabo de hacerlo. La respuesta es no. No soy un buen partido ni estoy soltero –dijo él, levantándole la barbilla con los dedos para que a ella no le quedara otra opción que mirarlo a la cara. Sus ojos eran negros y reflejaban una ilegible expresión–. Pero sus amigas no lo saben –añadió antes de besarla.

Al acercarse a besar a aquella joven, Lorenzo pensó que tal vez no fuera una de las mejores ideas que había tenido. Vio como los oscuros ojos de ella reflejaban una enorme sorpresa.

Pero estaba aburrido. Aburrido, desilusionado y frustrado. Y aquélla era una manera tan buena como cualquier otra de escapar durante un rato a las sensaciones que lo atormentaban. Los labios de aquella extraña eran tan suaves y dulces como había imaginado. Mientras la besaba con una enorme delicadeza, respiró la fresca fragancia que desprendía su piel.

Ella estaba temblando. Tenía el cuerpo muy rígido debido a la tensión y la boca firmemente cerrada bajo la suya. Sintió un cierto enfado hacia las mujeres congregadas en el jardín ya que obviamente le habían hecho pasar a su inesperada acompañante un mal rato. Le acarició a ésta la cara con una mano mientras con la otra le tomaba la nuca para acercarla aún más a él.

Sabía lograr que las mujeres se relajaran y se olvidaran de sus inhibiciones. La sujetó con mucha delicadeza y le hizo sentirse deseada, pero en ningún momento amenazada. Comenzó a acariciarle el cuello mientras lánguidamente le exploraba la boca con los labios.

Se vio embargado por una sensación de triunfo al oír que ella gemía y sentía que se relajaba. En ese momento aquella extraña separó los labios y comenzó a devolverle el beso con una vacilante pasión muy tentadora.

Él sonrió. Por primera vez en días... en realidad, en meses, estaba sonriendo. Estaba sonriendo en la boca de aquella dulce mujer poseedora de un espectacular pelo rizado color caoba, unos increíbles pechos y unos ojos muy, muy tristes.

Había ido a Oxfordshire en una corta peregrinación en busca de lugares sobre los que había leído en un viejo libro hacía algunos años. Nunca había podido dejar de pensar en los paisajes que se describían en la novela de Francis Tate, por lo que había ido a Inglaterra con la esperanza de recuperar parte de la creatividad que había muerto junto con el resto de su vida sentimental. Pero la realidad del lugar era decepcionante; no se parecía en nada al paraíso rural descrito en *El roble y el ciprés*. Había descubierto un lugar aburrido y falto de carácter.

Aquella mujer era lo más real con lo que se había encontrado desde que había llegado a Inglaterra. Probablemente incluso antes. Las emociones se reflejaban intensamente en su cara.

Tras haber sufrido el prolongado y sofisticado engaño de Tia, aquello era algo que le resultaba extremadamente atractivo.

Y era muy, muy sexy. Bajo la actitud autocrítica que tenía, la mujer estaba llena de pasión.

Sonrió aún más al bajar la mano y acariciarle la escultural cintura que tenía. La acercó hacia sí y sintió como el deseo se apoderaba de su estómago al tocar la piel que se escondía bajo su camiseta...

Sarah se quedó paralizada. Abrió los ojos y repentinamente lo apartó. Tenía los labios enrojecidos. Sus ojos reflejaron un gran dolor al mirar hacia el grupo de alborotadoras chicas que aplaudían desde el jardín.

Durante unos segundos, volvió a mirar al extraño

que la había besado antes de darse la vuelta y marcharse del local.

Era una broma, desde luego. Precisamente en aquello consistían las despedidas de soltera; en bromear para divertirse.

Al pasar por un hueco que había en la alambrada que rodeaba al aparcamiento del pub, sintió que algunos alambres le pinchaban los brazos. Se secó las lágrimas que comenzaron a caerle por las mejillas. Le dolía. Por eso estaba llorando, no porque no supiera aceptar una broma... incluso una tan dolorosa y humillante como el ser besada en un pub por un completo extraño que ni siquiera podía dejar de reírse al hacerlo.

Mientras caminaba enfadada entre los trigales, recordó que hacía tan sólo una semana se había encargado del catering de una fiesta de compromiso y delante de todos los invitados y de la feliz pareja se le había caído la tarta al suelo. El novio había resultado ser su amante desde hacía siete años y el padre de su hija. La vergüenza era algo que la había acompañado con frecuencia en su vida, por lo que el pequeño detalle de que la hubieran utilizado para divertirse en la despedida de soltera de su hermana no suponía nada para ella; siempre la humillaban todos.

El sol estaba poniéndose en el horizonte mientras teñía de dorado el paisaje. Furiosa, apartó el trigo de su camino de muy malas maneras. Lo peor de todo era que, hacía tan sólo unos minutos, en vez de frustración había sentido un intenso deseo. Se había sentido maravillosamente bien. Estaba tan sola que el vacío beso de un extraño le había hecho sentirse apreciada, especial, deseada y... bien.

Hasta el momento en el que se había dado cuenta de que él estaba riéndose de ella.

Al llegar a la cima de la colina, echó la cabeza para atrás y respiró profundamente. Pensó en Lottie y sonrió, tras lo que se apresuró en llegar a casa.

Lorenzo se agachó para tomar el sobre que ella había dejado caer al haberse apresurado en alejarse de él. Le dio la vuelta y leyó el nombre que había escrito en la solapa.

Sarah.

Era un nombre sencillo y fresco.

Al salir del The Rose and Crown, cruzó a la acera de enfrente y miró a su alrededor. No había rastro de ella. Todo estaba muy tranquilo. Parecía que Sarah había desaparecido.

Pero cuando estaba a punto de regresar al pub, un movimiento en la distancia captó su atención. Había alguien subiendo por la colina que había detrás de los edificios. Sin duda era una mujer. Los últimos rayos de sol iluminaban sus abundantes rizos y le otorgaban un aura dorada. Era una imagen preciosa.

Era ella. Sarah.

Sintió una extraña sensación en el estómago y,

de inmediato, deseó tener una cámara en las manos. Aquello era por lo que había ido a Oxfordshire. Delante de sí tenía la esencia de la Inglaterra que Francis Tate había reflejado en su libro.

Al llegar a la cima de la colina ella se detuvo y echó la cabeza para atrás. Entonces, tras un momento, comenzó a bajar por el otro lado de la colina y desapareció de su vista.

No sabía quién era aquella tal Sarah ni por qué se había marchado tan abruptamente del pub, pero no le importaba. Simplemente estaba muy agradecido de que lo hubiera hecho ya que, al hacerlo, le había dado algo que había pensado que había perdido para siempre. Su deseo de volver a trabajar. Su visión creativa.

Lo único que le quedaba por resolver era el complicado asunto de los derechos de copyright.

Capítulo 2

TRES SEMANAS más tarde...

A Sarah le dolía la cabeza y estaba muy cansada. Pero al cerrar los ojos y respirar profundamente el cálido aire de aquel lugar, se sintió un poco más animada.

Estaba en la Toscana.

—Pareces agotada, cariño.

Desde el otro lado de la mesa, su madre estaba mirándola fijamente. Sarah disimuló un bostezo y esbozó una dulce sonrisa.

—Es por el viaje. No estoy acostumbrada. Pero es maravilloso estar aquí —contestó, sorprendida ante la sinceridad de sus propias palabras.

Había temido tanto la boda de Angelica debido a las implicaciones que conllevaba para ella misma, ya que ponía de relieve su imposibilidad de encontrar una pareja permanente, que no había pensado en lo maravilloso que sería ir a Italia. Aquel viaje suponía el cumplimiento de un sueño, uno de los que había tenido cuando hacía años se había permitido soñar.

—Es estupendo que estés aquí —comentó Martha, frunciendo el ceño—. Creo que necesitabas alejarte de algunas cosas ya que, sinceramente, cariño, no parece que estés en muy buena forma.

–Lo sé, lo sé –respondió Sarah, consciente de los kilos que le sobraban–. Estoy a dieta, pero ha sido muy duro todo lo de Rupert, lo del trabajo, la preocupación por el dinero...

–No me refería a eso –dijo su madre con delicadeza–. Estaba hablando de buena forma mental. Pero si tienes algún problema económico, ya sabes que Guy y yo te ayudaremos.

–¡No! –se apresuró en contestar Sarah–. No pasa nada. Me surgirá algo –añadió, recordando la carta que había recibido hacía unas semanas de los editores de su padre.

Aquella misiva suponía el último de una larga lista de requerimientos que había recibido de derechos de filmación sobre el libro *El roble y el ciprés* desde que hacía once años había heredado los derechos de autor.

Al principio había considerado en serio algunas de las ofertas que había recibido, hasta el momento en el que la amarga experiencia le había demostrado que Francis Tate parecía sólo atraer a estudiantes de cinematografía sin recursos con tendencia a sufrir extraños y obsesivos trastornos psicológicos. Todo aquello le había llevado a simplemente negar cualquier tipo de permiso sobre el libro... por su bienestar mental y respeto a la memoria de su progenitor.

–¿Cómo está Lottie? –preguntó Martha.

Inquieta, Sarah miró a su hija, que estaba sentada en el regazo de Angelica.

–Bien –aseguró, odiando el tono defensivo que se apoderó de su voz al decir aquello–. Ni siquiera se ha dado cuenta de que Rupert ya no está con nosotras, lo que ha hecho que yo sea consciente de lo mal padre que ha sido. No recuerdo la última vez que pasó tiempo con ella.

Las últimas veces que Rupert había visitado el piso de la calle Shepherd's Bush, había sido para mantener un rápido e insatisfactorio sexo con ella mientras Lottie estaba en el colegio. Se estremeció al recordar las torpes y poco sensibles caricias del padre de su hija. Éste no había hecho otra cosa que ponerle tristes excusas acerca de la cantidad de trabajo que tenía para justificar las tardes y los fines de semana que ya no pasaba con ellas. Se preguntó durante cuánto tiempo más habría estado mintiéndole si ella no hubiera descubierto su engaño de una manera tan espectacular.

–Estás mejor sin él –comentó Martha.

–Lo sé –concedió Sarah, levantándose. A continuación, comenzó a tomar los platos de la mesa–. De verdad, lo sé. No necesito un hombre.

–Eso no es lo que he dicho –respondió su madre, levantándose a su vez. Tomó la botella de vino y la levantó a contraluz para comprobar si quedaba algo–. He dicho que estás mejor sin Rupert, no sin ningún hombre en general.

–Estoy bien sola –aseguró Sarah con tesón.

Pero sólo tenía que pensar en el atractivo italiano que la había besado en la despedida de soltera de

Angelica para darse cuenta de que no estaba viviendo una vida plena.

–Lo que te pasa es que echas de menos a Guy. Siempre te comportas de una manera ridículamente sentimental cuando no está contigo.

Guy y Hugh, así como todos los amigos de éste, no llegaban hasta el día siguiente, por lo que aquella noche sólo estaban «las chicas», tal y como Angelica solía referirse a ellas. Martha se encogió de hombros.

–Tal vez –concedió–. Sólo soy una vieja romántica. Pero no quiero que pierdas tu oportunidad de encontrar el amor simplemente porque estás decidida a mirar para otro lado, eso es todo.

Mientras llevaba los platos a la cocina, Sarah pensó que su vida amorosa era como una llanura muy árida. Si alguna vez aparecía algo en el horizonte, sin duda alguna lo vería.

Justo delante de ella, la casa que su hermana y su prometido habían adquirido tenía un aspecto precioso. La cocina se encontraba en un extremo de la vivienda. Al llegar, entró y encendió la luz. Dejó el montón de platos que había retirado de la mesa sobre la rústica encimera. Al mirar a su alrededor, no pudo evitar sentir un poco de envidia al comparar aquella estancia con la diminuta y oscura cocina de su piso de Londres.

Enojada, abrió el grifo del agua fría y colocó las muñecas bajo el potente choro que salía de éste. El calor, el cansancio y la copa de Chianti que había tomado habían mermado sus defensas aquella velada. Cerró el grifo y volvió a salir al jardín. Al sentarse de nuevo a la mesa, oyó que Angelica estaba relatando todos los desastres que habían acompañado la reforma de la casa.

–... parece que él es un fanático de mantener las cosas lo más naturales y auténticas posible. Le hizo frente al arquitecto con cierto aspecto de las leyes de urbanismo de la Toscana que sugería que no podíamos poner el techo de la cocina de cristal, sino que debíamos reutilizar las antiguas tejas. Tenía algo que ver con el hecho de mantener el espíritu original de la vivienda.

La expresión de la cara de Fenella reflejó mucha impresión.

–Está muy bien que él diga todo eso, ya que vive en un *palazzo* del siglo XVI. Pero... ¿espera que viváis como campesinos simplemente porque comprasteis una casa como ésta?

Martha le dirigió una dulce sonrisa a Sarah.

–Hugh y Angelica han tenido ciertos problemas con la aristocracia local –le explicó–. En particular con el propietario del *palazzo* Castellaccio, que está aquí cerca.

–¿Aristocracia? –bramó Angelica–. No me importaría si lo fuera, pero simplemente es un nuevo rico. Es director de cine. Se llama Lorenzo Cavalleri. Está casado con esa increíble actriz italiana, Tia de Luca.

Fenella parecía estar muy emocionada. Los famosos le llamaban mucho la atención.

–¿Tia de Luca? Según parece, ya no están juntos –comentó, sentándose de manera más erguida a la

mesa–. En la revista que compré ayer en el aeropuerto publican una entrevista que le han realizado
a ella. Parece ser que ha dejado a su marido por Ricardo Marcelo. Está embarazada.

–Oh, ¡qué emocionante! –exclamó Angelica–.
Ricardo Marcelo es muy guapo. ¿Es suyo el bebé?

Sarah pensó que parecía que estaban hablando de
conocidos íntimos. Tuvo que contener un bostezo. Sabía quién era Tia de Luca, al igual que todo el mundo,
pero no podía emocionarse acerca de la complicada
vida amorosa de alguien a quien jamás conocería.

–No lo sé –contestó Fenella–. Por lo que dice en
la entrevista, creo que el bebé tal vez sea de su marido, de Lorenzo no se qué. ¿Lo has conocido?

Al otro lado de la mesa, Lottie estaba sentada en
una rodilla de su abuela con el dedo pulgar metido
en la boca, obviamente agotada. Incluso a Sarah le
pesaban mucho los párpados. Se echó para atrás en
la silla y se permitió el lujo de cerrar los ojos mientras las demás mujeres continuaban hablando.

–No –contestó Angelica–. Pero Hugh sí. Dice
que es una persona difícil. El típico macho italiano,
muy arrogante y estirado. Pero tenemos que intentar
llevarnos bien con él ya que la iglesia en la que vamos a casarnos está en parte de su propiedad.

–Vaya –dijo Fenella con calidez–. Parece divino.
A mí no me importaría tener que llevarme bien con
un típico macho italiano.

Sarah abrió los ojos en ese momento. Había estado a punto de quedarse dormida.

–Vamos, Lottie. Ya deberías estar en la cama.

Al oír su nombre, la pequeña pareció muy reacia a dejar la reunión.

–No, mami –protestó–. De verdad...

–Uh, uh...

Lottie tenía una gran capacidad persuasiva y normalmente la resistencia de su madre no ganaba ante la dura combinación de dulzura y lógica de la pequeña. Pero las cosas fueron distintas aquella noche. Una mezcla de agotamiento y de una extraña sensación de insatisfacción se apoderó de Sarah, que empleó un duro tono de voz.

–A la cama. Ahora.

Lottie miró el cielo por encima del hombro de su madre y parpadeó.

–No hay luna –susurró con la preocupación reflejada en la cara–. ¿No tienen luna en Italia?

En un instante, la frustración de Sarah desapareció. La luna era una especie de amuleto para su hija, le daba seguridad.

–Sí, tienen luna –contestó–. Pero esta noche debe estar acurrucada detrás de las nubes. Mira, tampoco hay estrellas.

Lottie pareció un poco más relajada.

–Si hay nubes, ¿quiere decir que va a llover?

–Oh, Dios, no digas eso –terció Angelica, riéndose–. Decidimos casarnos aquí precisamente por el tiempo. ¡En la Toscana nunca llueve!

Iba a llover.

De pie junto a la ventana abierta de su despacho,

Lorenzo respiró el olor a tierra seca y miró el oscuro cielo. Hacía mucho calor, pero una súbita brisa agitó las copas de los cipreses del jardín. Afortunadamente se avecinaba un cambio.

La sequía había durado meses. El suelo estaba árido y lleno de polvo. Alfredo había utilizado casi todos los barriles de agua de lluvia que tenían guardados para emergencias, pero aun así, el paisaje que rodeaba al *palazzo* Castellaccio era marrón y seco.

Repentinamente oyó un gemido de placer. Se dio la vuelta justo a tiempo para ver al amante de su ex mujer echado sobre el desnudo cuerpo de ella, acariciándole un pezón con la lengua.

Mientras la enorme pantalla de plasma reflejaba una imagen de los labios abiertos de Tia, mordazmente pensó que aquellas escenas estaban muy bien hechas. Ricardo Marcello no era muy buen actor pero se esmeraba mucho en las escenas de sexo, por lo que la película, que versaba sobre la vida del científico italiano del siglo XVI Galileo, contenía más escenas de sexo de las que había planeado inicialmente.

Asqueado, tomó el mando a distancia y detuvo el film justo en el momento en el que la cámara estaba mostrando de nuevo el maravilloso cuerpo de Tia. *Girando alrededor del sol* garantizaba todo un éxito de taquilla, pero a la vez representaba el momento más bajo de su capacidad creativa, el momento en el que había vendido su integridad.

Lo había hecho por Tia. Porque ella se lo había suplicado. Porque podía. Y porque, de alguna manera, había querido resarcirla por lo que no podía darle.

Con amargura, pensó que había terminado perdiéndolo todo.

Como si hubiera percibido el estado de ánimo de su dueño, el perro que había estado durmiendo acurrucado en una esquina del sofá de cuero que había en la sala levantó la cabeza y se apresuró en bajar al suelo para acercarse a Lorenzo. Presionó su larga nariz en la mano de éste. Lupo era una mezcla entre un perro de caza y un perro lobo. Era todo un misterio. Pero aunque su pedigree no estaba muy claro, su lealtad hacia su amo sí que lo estaba. Al acariciarle las orejas al perro, Lorenzo sintió que su enfado lo abandonaba. Tal vez aquella película le había costado perder a su esposa, así como su autoestima y casi su visión creativa, pero al mismo tiempo había sido el punto de inflexión que había necesitado para darle un giro a su vida.

El libro de Francis Tate reposaba sobre el escritorio que había junto a él. Lo tomó y acarició la portada. Había llevado en su bolsillo aquel ejemplar durante numerosos viajes y lo había leído en infinidad de descansos de rodajes de películas. Lo había encontrado por casualidad en una librería de segunda mano en Bloomsbury durante su primer viaje a Inglaterra. Por aquel entonces había tenido diecinueve años y había estado trabajando como corredor de una película en Londres. Había echado muchísimo de menos su casa y al haber visto la palabra «Ciprés» en el título del libro, éste le había atraído muchísimo.

Distraído, ojeó algunas páginas de la novela y recordó las imágenes que siempre se apoderaban de su mente al leerlas, imágenes que no habían perdido su frescura tras los veinte años que habían pasado desde que había disfrutado de aquella historia por primera vez. Tal vez no fuera a resultar muy comercial, quizá fuera a costarle más que las ganancias que podría obtener, pero realmente quería hacer aquella película.

Involuntariamente recordó a la chica del The Rose and Crown, Sarah, mientras había subido andando por aquella colina llena de trigo, la luz que se había reflejado en sus desnudos brazos y su precioso pelo caoba. Se había convertido en una especie de inspiración en su mente; aquella imagen representaba la esencia de la película que quería crear. Algo sutil, tranquilo, sincero.

En ese momento, un trozo de papel cayó del libro y fue a parar al suelo. Era la carta de los editores de Tate.

Gracias por su interés, pero la decisión de la señorita Halliday acerca de rodar una película basada en el libro de su padre El roble y el ciprés *es inalterable en este momento. Sin duda le informaremos si la señorita Halliday cambia de opinión en el futuro.*

Capítulo 3

SARAH SE despertó sobresaltada y se sentó en la cama. Tenía el corazón revolucionado. Durante las anteriores semanas se había acostumbrado a la sensación de despertarse sobre una almohada húmeda debido a sus lágrimas, pero aquello era algo distinto. El edredón que había apartado a un lado estaba absolutamente empapado y la camisa de algodón con la que se había acostado, que había sido de Rupert, estaba muy húmeda. Todo estaba oscuro. Demasiado oscuro. Oyó como caía agua. Estaba lloviendo. Mucho. Dentro de la habitación...

Le cayó una gota en el hombro. Se apresuró en levantarse de la cama y presionó el interruptor para encender la luz. Pero nada se iluminó. Aunque estaba demasiado oscuro, instintivamente levantó la cabeza para mirar al techo... y una nueva gota le cayó entre los ojos. Maldijo en voz baja.

–Mami –murmuró Lottie desde su cama–. Lo he oído. Son diez peniques más que tienes que poner en la caja de las palabrotas.

Sarah oyó como se movían las sábanas de la cama de su hija al sentarse ésta en el colchón.

–Mami –repitió la pequeña–. Todo está empapado.

–Parece que hay goteras en el techo –respondió Sarah, forzándose en mantener un tranquilo tono de voz–. Venga, vamos a buscar un pijama seco para ti y a comprobar qué pasa.

A continuación tomó a Lottie de la mano y palpando las paredes del dormitorio salió al pasillo, donde hizo lo mismo para intentar llegar a las escaleras de la vivienda.

–Por favor, ¿podemos encender la luz? –pidió la pequeña, nerviosa–. Está muy oscuro.

–El agua debe haber fundido los plomos. No te preocupes, cariño, no es nada de lo que tengas que tener miedo. Estoy segura de que...

En aquel momento se oyeron unos gritos provenientes de la parte de la vivienda en la que se encontraba la habitación de Angelica. Estaba claro que ésta se había dado cuenta de la crisis. La puerta de su dormitorio se abrió.

–Oh, Dios.... ¡despertad todas! ¡Está colándose agua por el techo!

Lottie agarró con más fuerza aún la mano de su madre ante la histeria que reflejaba la voz de su tía.

–Ya lo sabemos –contestó Sarah, forzándose en controlar lo irritada que estaba–. Vamos a mantener la calma mientras averiguamos qué ocurre.

Pero su hermana sólo se tranquilizaba en los costosos spas a los que acudía. Fenella se acercó a ella como un espectro en la oscuridad. Ambas se abrazaron y comenzaron a sollozar.

–Amores, ¿qué ha ocurrido? –terció Martha, uniéndose al grupo–. Pensé que por error me había quedado dormida en la bañera. Todo está empapado.

–Debe haber un problema con el techo de la casa –contestó Sarah cansinamente–. Mamá, cuida de Lottie. Angelica, ¿dónde puedo encontrar una linterna?

–¿Cómo voy a saberlo? –espetó su hermana–. Eso es asunto de Hugh, no mío. Oh, Dios, ¿por qué no está él aquí? O papi. Ellos sabrían qué hacer.

–Yo sé qué hacer –aseguró Sarah entre dientes mientras se dirigía hacia las escaleras tras entregarle su hija a su madre. Precisamente aquello era lo que ocurría cuando no había un hombre alrededor que lo hiciera todo; las mujeres desarrollaban algo llamado independencia–. Voy a encontrar una linterna y a salir fuera para descubrir qué ocurre con el tejado.

–No seas tonta... no puedes subir al tejado con este tiempo –se burló Angelica.

–Cariño, tu hermana tiene razón –dijo Martha–. No es buena idea.

–Bueno, pues decidme si tenéis otra mejor –respondió Sarah en tono grave.

Por toda la oscura casa se oía el sonido de la lluvia. Cuando llegó a la cocina para buscar la costosa colección de herramientas de Hugh, sus pies se encontraron con varios charcos que había en el suelo.

Cuando por fin encontró las herramientas, comprobó aliviada que entre éstas había una pequeña linterna. La encendió e iluminó las paredes. El agua caía del techo a raudales. Entonces abrió las puertas que daban al jardín y salió fuera.

Fue como entrar en la ducha completamente vestida. Empapada, respiró profundamente y se forzó a andar hacia delante. Cuando estuvo a suficiente distancia, enfocó el tejado de la casa con la linterna. Pero la leve luz de ésta no dejaba ver cuál podía ser el problema.

–¡Sarah... estás empapada! ¡Entra, cariño! –gritó su madre desde la puerta. Se había puesto un chubasquero sobre su elegante camisón de La Perla. También llevaba un paraguas–. Aquí no podemos hacer nada. Angelica y Fenella se han llevado a Lottie con ellas para pedirle ayuda al atractivo vecino de al lado.

Sarah enfocó la parte más alta del tejado.

–Pero estamos en medio de la noche. No puedes aparecer en casa de alguien a estas horas.

–Cariño, somos unas señoritas en apuros –gritó de nuevo Martha para que su hija la oyera–. Es una emergencia. No podemos esperar a mañana –añadió, entrando de nuevo en la vivienda.

–Habla por ti –contestó Sarah en voz baja, disgustada. Se acercó a tomar una de las sillas del patio para subirse a ella. Sujetó la linterna con los dientes y se ayudó del desagüe para subir al tejado a continuación.

Arrodillada sobre las tejas, comprobó que éstas fueran suficientemente firmes para soportar su peso. Con mucho cuidado se puso de pie y sujetó de nuevo la linterna con las manos. El tejado estaba inclinado hacia arriba en la parte que cubría el área principal de la casa y subió por las tejas para comprobar su estado. Parecía que no faltaba ninguna. Entonces dirigió la linterna hacia la parte más alta, donde se encontraba el techo de la cocina. Parecía haber un hueco...

En ese momento oyó a alguien hablar desde el suelo y repentinamente todo se vio iluminado por una cegadora luz blanca. Tuvo que llevarse las manos a los ojos para evitar que la luz la deslumbrara, momento en el que se le cayó la linterna.

–¡Maldita sea!

–Quédese donde está, no se mueva.

Sarah no podía ver absolutamente nada ya que la potente luz la cegaba por completo. Intentó ver al italiano poseedor de aquella grave voz al mismo tiempo que se arrodilló para tratar de tapar cuanto pudo de sus desnudas piernas con la empapada camisa de algodón.

–Le he dicho que se quede quieta. A no ser, desde luego, que quiera matarse.

–Ahora mismo me tienta hacerlo... –respondió ella entre dientes– teniendo en cuenta que estoy medio desnuda y usted está iluminándome con esa potente luz. ¿Podría apagarla?

–Si lo hago, ¿cómo va a ser capaz de ver para bajarse de ahí? –contestó el hombre, que tenía una voz muy masculina y profunda.

–Me las estaba arreglando bien hasta que llegó usted.

–Se refiere a que todavía no se ha roto el cuello. ¿Qué demonios creía que estaba haciendo al subir ahí arriba con este tiempo?

–Parece usted mi madre –espetó Sarah–. No habría subido aquí si hiciera otro tipo de tiempo ya que lo que estoy intentando descubrir es por dónde está colándose el agua. Me parece que ahí arriba puedo ver un...

–En realidad, no quiero saberlo –interrumpió él, exasperado–. Sólo quiero que se acerque muy despacio al borde del tejado.

–¿Está usted loco? –dijo ella, apartándose algunos empapados mechones de pelo de la cara–. ¿Por qué?

–Porque sé que en el borde hay una viga que soportará su peso.

–¡Oh, muchas gracias! Supongo que es de acero reforzado...

–Sarah, simplemente hazlo –contestó el italiano, tuteándola.

Al oír que él la llamaba por su nombre, ella sintió como algo se le revolvía por dentro. Boquiabierta, tardó unos segundos en ser capaz de hablar.

–¿Cómo sé que puedo confiar en usted? –preguntó, malhumorada–. Ni siquiera lo conozco.

–No es el momento para presentaciones minuciosas. Pero me llamo Lorenzo y ahora mismo soy lo único que la separa de una terrible caída.

Aquella voz estaba teniendo un efecto muy inconveniente en Sarah, que se sintió muy irritada.

–No quiero ser grosera, Lorenzo, pero no tienes ningún derecho a decirme lo que dedo hacer. No soy tonta; antes de subir al tejado comprobé que fuera seguro. Las tejas están muy bien colocadas...

Al dar un paso al frente, sintió como una de las tejas se rompía bajo sus pies. Angustiada, gritó. Moviendo los brazos, intentó no perder el equilibrio. Repentinamente tuvo miedo.

–Tranquila –dijo él–. No te ha pasado nada.

–Es muy fácil para ti decirlo; no eres tú el que está a punto de caer por el tejado.

–Eso no va a ocurrir.

–¿Cómo lo sabes?

–Porque no voy a permitir que ocurra. Tienes que escucharme detenidamente y hacer lo que te diga, ¿está bien?

–Está bien –respondió ella, observando como aquel hombre enfocaba con su potente linterna la parte más baja del tejado.

–Acércate con mucho cuidado al borde del tejado y detente cuando yo te lo diga.

Sarah le obedeció. Gimoteó de miedo al sentir como otra teja se rompía bajo sus pies.

–Detente ahí –ordenó Lorenzo–. Ahora, estira los brazos hacia mí. Voy a ayudarte a bajar.

–¡No! ¡No puedes! Peso demasiado. Voy a...

No pudo terminar de protestar ya que sintió que él le abrazaba la cintura con un brazo y la acercaba a su cuerpo. A través de la fina barrera de sus mojadas ropas, notó el calor que desprendía la piel de su rescatador, así como la fortaleza de su musculoso pecho. Instintivamente, lo abrazó por los hombros. Un intenso acaloramiento le recorrió el cuerpo.

–Gracias –murmuró, apresurándose en apartarse de él al tocar algo sólido con los pies.

Se le revolvió el estómago al darse cuenta de que estaba cayendo por el borde de la mesa en la que ambos estaban de pie. Pero Lorenzo volvió a agarrarla y a sujetarla con firmeza.

–Estoy comenzando a pensar que quieres suicidarte –comentó él en tono grave. A continuación la tomó en brazos y, con mucho cuidado, se bajó de la mesa.

–Si ése fuera el caso, podría pensar en maneras más elegantes de terminar con todo. Ahora, por favor, déjame en el suelo.

–Hay mucha gravilla y no tienes zapatos.

–Estoy bien. Puedo arreglármelas. Por favor... –suplicó Sarah, aturdida al darse cuenta de que aquel italiano estaba acercándola a un todoterreno que había aparcado en el jardín–. ¿Dónde me llevas?

–A casa.

–Por favor, detente. ¡Déjame en el suelo!

–Si es lo que realmente quieres... –concedió Lorenzo, suspirando. De inmediato, la dejó en el suelo.

Una irrazonable decepción se apoderó de ella. Se tambaleó ligeramente al sentir que las afiladas piedrecitas del camino se le clavaban en los pies. Hacía mucho frío.

–Es lo que quería –aseguró–. Ha sido muy amable por tu parte ayudarme, pero estaremos bien aquí hasta mañana. Ni siquiera nos conocíamos de antes y somos cinco...

–Tu familia ya está en mi casa, en Castellaccio.

–¿Qué? Pero no pueden, no podemos... abusar de ti. Aquí estaremos bien.

–Es gracioso, pero no ha sido eso lo que ha dicho tu hermana. Ni su amiga... ¿Fenella, verdad? –comentó él, abriendo la puerta del acompañante del vehículo al llegar a éste.

En ese momento una pequeña luz del interior del coche se encendió y Sarah sintió como le daba un vuelco el corazón al ver de perfil la cara de aquel director de cine. Le recordó mucho al hombre que la había besado en el pub aquella noche. Pero sabía que era completamente ridículo. No podía ser. Entró en el vehículo y se apresuró en abrocharse el cinturón de seguridad mientras observaba como él entraba en el coche y se sentaba en el asiento del conductor. Entonces giró la cabeza y miró a través de la ventanilla.

–Mañana a primera hora telefonearé a un constructor local para que venga a echarle un vistazo al tejado y esperanzadoramente podremos arreglarlo –comentó.

–¿Conoces a muchos constructores locales decentes?

–No, pero supongo que cualquier constructor local será mejor que los idiotas que Hugh y Angelica trajeron de Londres. Dios sabe lo que han hecho.

–A mí me parece que han colocado las tejas al revés. Las tejas de los tejados de la Toscana tienen una curvatura especial y parece que las han puesto de tal manera que el agua se cuela entre ellas. Si estoy en lo cierto, tendrán que poner todo el tejado nuevo.

–Oh, Dios, pero la boda es pasado mañana –comentó ella–. Tendré que pensar en algo.

–¿Por qué es tu responsabilidad? –preguntó Lorenzo tras una breve pausa.

–Ya has conocido a Angelica y a mi madre. Son unas inútiles. No podemos esperar a que lleguen Hugh y Guy si queremos arreglar el problema antes de la boda.

–He conocido a Hugh, ¿pero quién es Guy? –quiso saber Lorenzo mientras conducía hacia su propiedad.

–Guy es mi padrastro. El padre de Angelica. Es la clase de persona que lo arregla todo... sobre todo para su hija. Pero creo que poner el tejado nuevo en toda una casa en sólo veinticuatro horas está más allá de su capacidad.

–¿No te llevas bien con él?

–Oh, sí –respondió Sarah, cerrando los ojos por un momento. Repentinamente se sintió agotada–. No podrías no llevarte bien con Guy. Es encantador, ingenioso, extremadamente generoso...

–¿Pero?

Ella se dio cuenta de que el coche se detuvo, pero de que Lorenzo no apagó el motor. Sintiéndose segura dentro del vehículo, recordó la sensación de haber estado en los brazos de aquel hombre, de aquel extraño. De Lorenzo Cavalleri.

Entonces abrió los ojos y agarró el manillar de la puerta.

–Simplemente no es mi padre. Eso es todo –con-

testó de manera abrupta. A continuación abrió la
puerta del coche y salió de éste.

Al salir del vehículo y dirigirse a la puerta del
palazzo, donde le esperaba Sarah, Lorenzo pensó
que el mundo era un pañuelo. Sonrió al mirarla y
ver como la lluvia caía sobre ella.

–La puerta no está cerrada con llave. Por favor,
pasa.

Pero Sarah no se movió.

–Mira, siento mucho todo esto –dijo al pasar él
por su lado y abrir la puerta–. No me parece bien.
Ni siquiera te conocemos. Tal vez simplemente de-
bamos marcharnos y...

La luz de la entrada de la vivienda iluminó parte
de la oscura y húmeda noche. Lorenzo se apartó a
un lado para dejarla entrar, pero vio que ella se
echaba para atrás. Parecía muy impresionada, como
si se hubiera dado cuenta de la realidad. Decidió
agarrarla por la muñeca e impulsarla a entrar en la
vivienda.

–No vas a ir a ningún sitio –aseguró–. Esta vez
no.

Capítulo 4

SARAH SE apoyó en la puerta cerrada que tenía tras de sí, ajena a la grandiosidad del
enorme hall de la vivienda.

−¿Esta vez? ¿Así que lo sabías? Durante todo
este rato en el que he estado haciendo el ridículo tú
sabías que era yo −dijo, horrorizada−. Podrías habérmelo dicho.

−¿Y si lo hubiera hecho?

−Me habría quedado en el tejado.

Avergonzada, ella cerró los ojos. Pensó en el aspecto que debía haber tenido subida a las tejas. No
podía creer que Lorenzo fuera el mismo hombre que
la había besado para reírse en la despedida de soltera
de su hermana. Era más de lo que podía soportar.

−Exactamente −comentó él con gravedad.

En ese momento los interrumpió su madre.

−¡Oh, aquí estás, cariño! −exclamó Martha, acercándose a ellos con una copa en la mano−. Ven y toma
una toalla... estamos todas secándonos delante de una
encantadora chimenea al mismo tiempo que entramos
en calor con el excelente brandy del *signor* Cavalleri
−añadió, mirando a Lorenzo−. Ha sido tan amable.

Sarah apretó los dientes, avergonzada.

−Mamá, por favor −contestó, siguiendo a su progenitora hacia una puerta que había a la derecha–. Realmente creo que no podemos...

Al entrar en una sala de la casa, se quedó paralizada. La habitación era extremadamente grande y estaba lujosamente decorada, pero lo que captó su atención fue lo desordenado que estaba todo. Había papeles por todas partes; encima del antiguo escritorio de madera, sobre la mesa que había frente a la chimenea y hasta en el sofá de cuero, donde se encontraban sentadas Angelica, Fenella, Lottie y un gran perro gris.

–Lottie se ha quedado completamente dormida, gracias a Dios –continuó Martha, mirando a su nieta–. ¿No es dulce, *signor* Cavalleri? Realmente le agradezco que se haya compadecido de nosotras en este momento de necesidad. Ahora que ya estamos todas aquí, permítame que realice las presentaciones como es debido.

Allí de pie con su húmeda camisa, Sarah se estremeció y emitió una risotada.

–No creo que haya necesidad de ello. Angelica y el *signor* Cavalleri ya se conocen.

–Oh, no, me parece que no –dijo su hermana, echándose para atrás su sedoso pelo rubio–. Pero sí que ha conocido a mi novio, Hugh. Fue usted muy amable al ir a nuestra casa para ofrecer su consejo sobre...

Fenella, que estaba sentada junto a Angelica, le dio a ésta un leve codazo y murmuró algo inaudible para los demás. Entonces miró a Sarah. A Angelica se le quedaron los ojos como platos.

–Oh, Dios mío, sí. Usted estaba en el pub aquella noche, ¿no es cierto? En el The Rose and Crown, la tarde de mi despedida de soltera.

Lorenzo asintió con la cabeza.

–Oh, Dios... ¡no puedo creerlo! Vaya coincidencia más increíble, ¿verdad, Fenella?

–Increíble –concedió Fenella, esbozando una sonrisita. Se levantó del sofá con un elegante movimiento y permitió que la larga rebeca de cachemira que llevaba se abriera para mostrar los pantalones cortos y la camiseta que tenía puestos debajo.

–Si hubiéramos tenido la oportunidad de hablar, tal vez habríamos descubierto la coincidencia antes pero, según recuerdo, Sarah te monopolizó. Ambos desaparecisteis muy rápido –comentó, tuteando a Lorenzo.

Sarah tomó una toalla y comenzó a secarse el pelo a toda prisa. Quería evitar agarrar a Fenella por el cuello y estrangularla. Observó como él estrechaba la mano que ella le tendía.

–Según recuerdo yo... –respondió Lorenzo, apartándose de Fenella– tú estabas monopolizando al resto de los varones del local. Estoy seguro de que no supuso ninguna pérdida.

–Es increíble que usted se encontrara en el oscuro y aburrido Oxfordshire –terció Martha–. Por cierto, yo soy Martha, Martha Halliday.

–No tan aburrido, *signora* Halliday –contestó él, que parecía levemente impresionado.

Sarah se percató de que puso cierto énfasis en el apellido de su madre.

–Desde luego que no lo fue la velada que pasé allí –continuó Lorenzo–. ¿Lleva mucho tiempo viviendo en Oxfordshire?

–Desde que cumplí diecinueve años y me enamoré por primera vez. Pero tiene usted razón; no se parece en nada a lo que solía ser. Yo crecí en una zona residencial y fue como si me dejaran en medio de una novela de Thomas Hardy. Salvajemente romántico en teoría, pero la realidad fue muy dura. Por aquella época, el The Rose and Crown era un diminuto local donde se reunía la gente del pueblo, que se servía ella misma y ponía el dinero en una caja. Francis, mi primer marido, pasaba más tiempo en el pub que en casa. Solía sentarse en una mesa que había junto a la chimenea y escribir. Decía que era el único lugar donde estaba lo bastante caliente en invierno para pensar.

–¿Pensar?

–Sí. Sobre todo en poesía. Pero...

–Mamá –dijo Sarah entre dientes–. Son las tres de la madrugada. No creo que sea el momento para charlar de literatura.

Sabía que su madre iba a comenzar a hablar del libro que su padre había escrito basado en Oxfordshire y la Toscana. Al igual que sus poemas, había sido todo un fracaso comercial, pero Martha siempre lo había alabado como si hubiera sido todo un éxito de ventas.

–Lo siento. Desde luego, cariño; tienes razón –concedió su madre, dejando sobre la mesa su copa de brandy vacía–. Ya le hemos molestado bastante, *signor* Cavalleri. Espero que no sea un gran inconveniente que nos quedemos a pasar la noche.

–En absoluto –contestó Lorenzo–. Aunque me temo que no puedo prometer un servicio de cinco estrellas. Ahora mismo estoy aquí solo. Mi ama de llaves dejó el puesto hace algún tiempo y todavía no la he sustituido, por lo que tendrán que ocuparse de ustedes mismas. ¿Han encontrado las habitaciones?

–Oh, sí, gracias –respondió Martha, sonriendo–. Chicas, creo que ahora debemos dejar tranquilo al *signor* Cavalleri.

Al levantarse Angelica y Fenella del sofá y marcharse de la sala tras dar las buenas noches, el perro levantó a su vez la cabeza con tristeza, pero no se movió. Sarah lo miró con desconfianza al plantearse cómo podía tomar en brazos a Lottie sin despertarla...

–Así que tienes una hija –dijo repentinamente Lorenzo, de pie al otro lado del sofá.

–Sí –respondió ella a la defensiva.

Él simplemente asintió con la cabeza y la miró fijamente a los ojos.

Sarah sintió como un intenso acaloramiento se apoderaba de su entrepierna. Deseando que él no se diera cuenta de que se había ruborizado, se acercó a tomar a Lottie en brazos.

–Te ayudaré a acostarla –comentó Lorenzo, acercándose a ellas.

–No, está bien. Puedo hacerlo sola.

–¿Alguna vez aceptas ayuda? –preguntó él con la burla reflejada en la voz.

–Estoy acostumbrada a hacer las cosas sola, eso es todo –respondió Sarah, preguntándose a sí misma cómo iba a ser capaz de agacharse para tomar a su hija sin mostrar la ropa interior. Sobre ésta sólo llevaba la camisa–. El padre de Lottie no me ayudaba mucho que digamos.

–¿Dónde está él ahora?

–Supongo que en la cama con su preciosa novia.

–Ya veo.

–Lo dudo –dijo ella, sentándose junto a su hija en el sofá. Se echó hacia delante para tomarla en brazos desde esa posición.

Ambos se sobresaltaron al encenderse repentinamente la televisión de plasma que había sobre la chimenea. Pudieron ver el estómago desnudo de una mujer. Pero entonces la cámara comenzó a subir para mostrar los firmes pechos de aquella fémina mientras ésta echaba la cabeza para atrás y gemía de placer...

Boquiabierta, Sarah reconoció que era Tia de Luca. Emitió un grito ahogado al sentir la mano de Lorenzo bajo su pantorrilla. Entonces giró la cabeza y vio que él apagaba el televisor con el mando a distancia. Le pareció ver cierta emoción reflejada en su mirada, emoción que desapareció al instante.

Él lanzó entonces el mando sobre la mesa que había delante de la chimenea.

–Te sentaste sobre el mando –comentó.

–Oh, Dios, lo siento –se apresuró a disculparse ella, levantándose.

–No pasa nada –contestó Lorenzo, encogiéndose de hombros con impaciencia.

–No, no me refiero a haberme sentado sobre el estúpido mando a distancia; siento haber sugerido que no sabes cómo es estar solo, que te dejen. Me olvidé... ya sabes... No sé nada acerca de lo que ocurrió, pero Angelica y Fenella estaban hablando antes de tu esposa y...

–Estoy seguro de que estás cansada –interrumpió él con frialdad–. Tal vez te podría indicar en qué dormitorio podéis dormir.

–Claro, desde luego, lo siento –respondió Sarah, preparándose para tomar en brazos a Lottie.

–Permíteme que la tome yo en brazos; tú estás empapada.

–Tú también.

–Sí, pero yo puedo quitarme la camisa –respondió Lorenzo, comenzando a desabrocharse los botones con impaciencia.

No se molestó en desabrochar todos los botones, sino que cuando pudo quitarse la camisa por encima de la cabeza, lo hizo. Entonces tomó en brazos a la pequeña Lottie.

–Por aquí.

Mientras lo seguía por el pasillo y subía tras él las escaleras de la vivienda, Sarah se forzó en centrar la mirada en la cabeza de su hija, que descansaba en el antebrazo del italiano. No quería mirar los anchos hombros de éste, ni la manera en la que se le marcaban los músculos bajo su piel aceitunada ya que no deseaba compararlo con la palidez inglesa de Rupert, a quien incluso ya estaba saliéndole barriga.

Por el contrario, al cuerpo de Lorenzo Cavalleri no le sobraba nada de grasa.

–Aquí es –dijo entonces él, deteniéndose delante de una puerta cerrada.

Sarah, absolutamente absorta en sus pensamientos, chocó contra Lorenzo. Disculpándose, se apresuró a apartarse. Él abrió la puerta del dormitorio y entró en éste, pero ella se quedó en el oscuro pasillo a la espera de que su agitada respiración se calmara. Miró a su alrededor y se dio cuenta de que aquel *palazzo* era impresionante. Entonces cerró los ojos para intentar tranquilizar sus alteradas hormonas. Había pasado mucho tiempo desde que Rupert y ella habían...

–Es toda tuya.

Al oír de nuevo la voz de Lorenzo, abrió los ojos. Tenía a éste justo delante.

–Gracias –ofreció, acercándose a la puerta del dormitorio–. Por todo. Y lo siento.

Al entrar en la habitación le pareció que él respondía algo, pero no logró entenderlo ya que estaba pensando en lo torpe que había sido. A continuación, oyó como se alejaba por el pasillo.

Cuando observó el dormitorio, se quedó muy impresionada. Le pareció haber entrado en el escenario de un cuento de hadas. Todo estaba minuciosamente decorado. Era precioso.

Lottie estaba tumbada en la enorme cama de columnas que había en la estancia. Las colchas y sábanas eran de encaje. Se quitó la húmeda camisa y, justo cuando estaba echando para atrás las sábanas, oyó que llamaban a la puerta.

–¡Un segundo! –contestó, metiéndose bajo las sábanas y tapándose con ellas.

Entonces observó que la puerta se abría. Lorenzo entró en la habitación y se acercó a la cama.

–Pensé que tal vez querrías esto –comentó–. Pero veo que estás arreglándotelas muy bien.

Sarah sujetó las sábanas contra su cuello al estirar la otra mano para tomar lo que él le ofrecía. Era una camiseta gris, gastada y suave.

–Gracias –dijo sin mirarlo a los ojos.

Esperaba que Lorenzo fuera a marcharse de inmediato, pero no lo hizo.

–Así que... –comenzó a decir él– todavía no te has presentado correctamente.

–No tengo que hacerlo. Ya sabes mi nombre.

–¿Ah, sí?

Algo en el tono de voz que utilizó Lorenzo provocó que ella sintiera que le daba un vuelco el corazón. No pudo evitar mirarlo a los ojos.

–Sarah –dijo casi con cautela–. Me llamo Sarah. Me llamaste así cuando estaba en el tejado.

–Sí, pero eso no significa que sepa quién eres.

–Entonces nos encontramos en la misma situación –respondió ella, apartando la vista–. Aparte del hecho de que yo no soy nadie y aparentemente tú eres un famoso director de cine.

–Apenas soy famoso –comentó él de manera desdeñosa–. Y por supuesto que tú eres alguien.

–No lo soy –bromeó Sarah, riéndose.

La pequeña Lottie se movió y suspiró. Se dio la vuelta y continuó durmiendo de espaldas. Sus castaños rizos le cayeron por la cara. Durante un momento, ninguno de los dos se movió ni habló a la espera de que la niña volviera a tranquilizarse. Al mirar a su hija, Sarah sonrió.

–Soy madre, eso es lo que soy. Es todo lo que importa –comentó, levantando la mirada.

La sonrisa que estaba esbozando se borró de sus labios al ver la fría expresión que tenía reflejada en la cara Lorenzo Cavalleri, que se dio media vuelta y se dirigió a la puerta.

–Es muy tarde y estoy entreteniéndote.

–La mayoría de la gente diría que ha sido al revés –se apresuró a contestar ella–. Mira, siento mucho toda esta intrusión. Mi familia es como una pesadilla. Te arrepentirás de tu amabilidad.

Al llegar a la puerta, él se detuvo y se giró para mirarla durante un instante. Esbozó una educada sonrisa. Entonces se marchó, no sin antes cerrar la puerta tras de sí.

Sarah Halliday no tenía idea de lo equivocada que estaba.

Mientras se alejaba por el pasillo, un tenso Lorenzo sintió como la adrenalina le recorría las venas, una adrenalina difícil de controlar.

Ciertamente el mundo era un pañuelo. Le dio gracias a Dios por haberle enviado a la obstinada y esquiva hija de Francis Tate. Aquello era mucho más de lo que jamás podría haber soñado.

Capítulo 5

SARAH levantó la escoba contra la pared y miró a su alrededor. Tras casi una hora de trabajo en la cocina de la casa de su hermana, había logrado quitar la mayor parte del agua del suelo, pero no podía hacer absolutamente nada para arreglar el yeso que estaba cayendo de las paredes ni el estropeado techo.

Tampoco había logrado apaciguar la inquietud que se había apoderado de ella desde la noche anterior. No había podido dormir bien y el poco descanso que había obtenido había estado acompañado por sueños en los que Lorenzo Cavalleri la tomaba en brazos contra su pecho desnudo y la llevaba por innumerables y oscuros pasillos...

Tomó un paño que había en la pila y comenzó a restregar las encimeras como si al hacerlo fuera a lograr acabar con su inquietud. Se dijo a sí misma que echaba de menos a Rupert. Tal vez éste no hubiera sido un padre excelente ni le hubiera mencionado que pretendía casarse con otra mujer, pero siempre había tenido tiempo para mantener relaciones sexuales con ella.

Angustiada, intentó convencerse de que lo que sentía era una gran frustración sexual.

Mientras seguía limpiando, encontró una revista de cotilleo. Estaba a punto de tirarla cuando vio uno de los titulares.

La agridulce alegría de ser mamá de Tia de Luca.

Se quedó paralizada. Miró a su alrededor y decidió leer el artículo, en el que aparecía una fotografía de la sensual actriz.

La legendaria belleza de la señorita De Luca tiene una delicada y luminiscente calidad, calidad mucho más palpable en carne y hueso que en la gran pantalla. Disfruta de una figura increíblemente estilizada que sólo muestra ligeramente el embarazo que la actriz anunció la semana pasada. Al mencionarle su próxima maternidad, sus extraordinarios ojos se empañan. Nos comenta que había querido tener un bebé desde hacía mucho tiempo y que había pensado que su marido también, obviamente haciendo referencia al conocido Lorenzo Cavalleri, del que recientemente se ha divorciado tras cinco años de matrimonio. Asegura que al director le resulta imposible aceptar la idea de tener un niño en su vida, pero que se siente muy afortunada de que Ricardo comparta la alegría que ella siente acerca del milagro que supone ser mamá...

–Ya veo lo duro que trabajas –dijo una voz tras ella.

Sarah se dio la vuelta y agarró con fuerza la revista, la cual escondió tras su espalda con manos temblorosas mientras miraba los negros ojos de Lorenzo Cavalleri. Éste no se había afeitado y el sol matutino que brillaba sobre él le permitió ver las pocas canas que cubrían su cabello. Sintió como le daba un vuelco el corazón.

–Estaba... quiero decir que... estoy... simplemente estoy...

Esbozando una leve sonrisa, Lorenzo se encogió de hombros.

–No hablaba en serio; simplemente bromeaba. Cuando salí de mi casa, tu hermana estaba desayunando tranquilamente, por lo que yo no me sentiría muy culpable por tomarme un descanso en las tareas de limpieza de su casa.

–¿Estaba Lottie con ella? –preguntó Sarah automáticamente, deseando a continuación no haberlo hecho.

Por lo que había comentado Tia de Luca en la revista, él no quería tener alrededor ni a su propio hijo, por lo que no podía imaginarse lo que sentiría hacia los de los demás.

–Sí –respondió Lorenzo con sequedad–. Parece que le gusta mucho Castellaccio.

–Oh, lo siento. Donde vivimos apenas hay espacio para las dos. La pobre está muy emocionada ante la boda de su tía y todo eso de ser dama de honor –comentó Sarah al hacerse una idea del comportamiento de su pequeña. Se apresuró a darse la vuelta y tirar la revista a la papelera. Entonces volvió a tomar el paño y a restregar la encimera–. Voy a terminar de limpiar esto y entonces voy a...

Se quedó paralizada al sentir que él se acercaba a ella y le ponía una mano sobre la suya.

–¿A qué? ¿A limpiar el resto de la casa y a colocar las tejas del tejado antes de comer?

Aturdida, Sarah pensó que debía apartar la mano y alejarse de Lorenzo para que éste no se diera cuenta de que se había ruborizado como una colegiala. Pero no quería hacerlo.

–Bueno, quizá no vaya a hacer todo eso pero, por lo menos, podré lograr que la casa tenga mejor aspecto para la boda.

Incrédulo, él suspiró y apartó la mano. Se echó para atrás y se acarició el pelo.

–*Dio*, Sarah...

Ella comenzó a limpiar de nuevo la encimera.

–Sé que todo esto está todavía hecho un desastre, pero Angelica ni siquiera tiene una fregona. Cuando consiga lo que necesito, todo será más fácil. Y entonces podré...

–No me refería a eso –interrumpió Lorenzo–. ¿Por qué es esto problema tuyo? Es la casa de tu hermana, la boda de tu hermana.

–Sí, pero como yo me encargo del catering, se convierte en mi problema. Hasta que no limpie este lugar, ni siquiera puedo comenzar a trabajar.

–Espera un momento, ¿Qué es exactamente lo que vas a hacer?

–La comida.

–¿Para todos los invitados? *Dio*. ¿Cuánta gente va a venir?

–Sólo treinta personas. Va a ser una ceremonia

sencilla para la familia y los amigos. El mes que viene van a celebrar una gran fiesta en Londres.

–¿No podían contratar a profesionales del catering?

–Yo soy una profesional del catering –aclaró Sarah mientras continuaba limpiando–. Trabajé para una empresa que preparaba comidas y banquetes en la ciudad.

–¿Trabajaste? –preguntó él, frunciendo el ceño–. ¿Ya no lo haces?

–No, no, yo... dejé el trabajo tras un incidente con una tarta en una fiesta de compromiso –explicó ella, riéndose con aire vacilante–. Algunas chicas llevan anillos de compromiso y yo llevo tartas de compromiso. Desde entonces no hemos estado muy bien de dinero, por lo que en vez de comprar un regalo de bodas para mi hermana me ofrecí a preparar el banquete. Realmente debo ponerme en marcha... todavía tengo que ir a comprar los ingredientes.

–Ponte unos zapatos –dijo Lorenzo–. Te vienes conmigo.

–Oh, no, no puedo. No podría molestarte más y, además, no tiene sentido comprar la comida antes de limpiar todo esto. No hay ningún lugar donde colocarla.

–No vamos a ir de compras, todavía, y no vas a seguir limpiando. Voy a llevarte a Castellaccio.

Sarah fue a protestar, como él había previsto que haría, pero no le dio la oportunidad. Se dirigió a la puerta de la cocina, donde se giró para hablarle.

–La cocina del *palazzo* no es perfecta, pero por

lo menos no es probable que la comida se conta-
mine y estropee el estómago de los invitados.

Mientras salía de la casa, oyó como ella lo seguía.

–Está bien. Tú ganas. De nuevo. Iré contigo.
Pero primero... ¿puedo subir a tomar ropa para Lottie y para mí? –quiso saber Sarah al llegar al jardín–. No tardaré nada.

Lorenzo la miró y pensó que allí de pie bajo el
sol, vestida con unos pantalones vaqueros cortos y
la camiseta gris que él mismo le había dejado la noche anterior, parecía muy vulnerable.

–Claro, te esperaré en el coche.

Ella no tardó nada. Se había cambiado la camiseta gris por una camisa rosa de lino que parecía ilu-
minar su pálida piel.

–Siento haberte hecho esperar –se disculpó al entrar en el vehículo, colocando una cesta con ropa
entre sus pies. Llevaba en la mano un par de manoletinas rojas de niña, manoletinas que dejó en su rodilla.

–No has tardado en absoluto –contestó Lorenzo
con un frío tono de voz mientras arrancaba el coche–. Según mi experiencia, cuando una mujer se
cambia de ropa tiene que probarse por lo menos
cinco modelitos y tarda más o menos una hora.

–Yo no tengo cinco modelos de ropa, lo que supongo hace que las cosas sean mucho más fáciles
–comentó Sarah.

Al tener que cambiar de marcha mientras circulaban en el todoterreno, él rozó con la mano el desnudo muslo de ella, que se apresuró a apartarse.

Durante un momento, ninguno de los dos habló. Entonces Sarah decidió hacerlo.

—Es muy amable por tu parte —dijo animadamente—. Si puedo preparar la comida en tu cocina, mañana por la mañana podré ir a buscarla y...

—¿Nunca dejas de pelear? —preguntó Lorenzo, introduciendo el coche por la entrada para vehículos del *palazzo*.

—¿Pelear contra qué?

Él aparcó el coche en la sombra que daba la vivienda y apagó el motor.

—Contra la lógica, la razón, el sentido común —contestó—. La casa de tu hermana está hecha un desastre y ni siquiera tú puedes arreglarla a tiempo antes de mañana. No he querido simplemente decir que puedes cocinar aquí... sino que la boda debe celebrarse en el *palazzo*.

—No, de ninguna manera. Es imposible. Por favor, ni siquiera se lo menciones a Angelica porque antes de que te des cuenta tendrás toda la casa invadida por los preparativos de la boda y desearás no habernos conocido nunca.

—Creo que no —respondió Lorenzo sin poder evitar esbozar una sonrisa.

—¿Estás... seguro? —quiso saber Sarah que, vacilante, lo miró a la cara, directamente a los ojos.

En ese instante él supo que la tenía exactamente donde quería. Sarah Halliday era una mujer con un enorme sentido de la responsabilidad y sabía que una vez que le hiciera un favor tan grande a su familia, a ella le resultaría difícil decirle que no a cualquier cosa que le pidiera.

Incluidos los derechos de filmografía sobre el libro de su padre...

Capítulo 6

MAAAAMIIIII!

Sarah estaba realizando una lista en la mesa de la enorme cocina del *palazzo* cuando Lottie entró por las puertas que daban al jardín. Dejó el lápiz sobre la mesa y tomó en brazos a su hija.

—Aquí estás, cariño. Estaba preguntándome dónde habrías ido. La tía Angelica me dijo que la abuela y tú habías salido a explorar.

—Sí. Hemos encontrado la iglesia en la que la tía va a casarse. Hemos conocido al jardinero; se llama Alfredo. Hay un templo con escaleras. También vimos la estatua de un hombre sin ropa y puedes verle el...

—¡Vaya con la abuela! —exclamó Sarah, interrumpiendo a su hija. Le dio un beso en la cabeza—. Sabe cómo hacer una visita guiada.

—Debes venir a verlo. La abuela ha dicho que tienes que verlo. Ha dicho que no es grosero porque es cultura.

—Ya veo. Así que la abuela piensa que no tengo suficiente cultura en mi vida, ¿no es así?

—No —terció Martha, que justo en ese momento

entraba en la cocina–. La abuela piensa que no tienes suficientes hombres desnudos en tu vida. Aunque para serte sincera, seguramente podrías encontrar alguno mejor que la estatua. No es muy impresionante. Estoy segura de que no tendrías que buscar muy lejos para encontrar un espécimen más viril, si es que no lo has hecho ya... –añadió con un pícaro brillo reflejado en sus azules ojos–. ¡Ah, hola, *signor* Cavalleri! Estábamos hablando de usted... ¿no es así, Sarah?

–¿Estábamos haciéndolo? –respondió su hija, ruborizada.

–No, no estabais hablando de él, abuelita –protestó Lottie–. Estabais hablando de la estatua que hemos visto en el jardín del hombre sin ropa. Has dicho que tenía...

Arrepentida, Martha se rió.

–Está bien, cariño. ¡Creo que ya me has metido en bastantes problemas! –comentó, mirando a Lorenzo a continuación–. Estaba a punto de decir lo amable que es usted al hacer todo esto por nosotras. Es mucho más de lo que nadie podría esperar. No sé cómo expresarle lo agradecidas que estamos... Es cierto, ¿verdad, Lottie?

–Sí –contestó la pequeña–. Creemos que tal vez éste sea el lugar más bonito de todo el mundo. La tía Angelica tiene mucha suerte de poder casarse aquí y yo tengo mucha suerte de ser una dama de honor aquí, pero tú eres el que más suerte tienes de todos porque vives aquí.

–Lo recordaré –dijo él, asintiendo con la cabeza.

Pensativa, Lottie se quedó mirándolo.

–¿Vives aquí tú solo?

–Sí –contestó Lorenzo, esbozando una leve sonrisa.

–Pues es una casa muy grande para una persona sola –comentó la niña.

–Lo es –concedió él–. Demasiado grande. Tiene dieciséis dormitorios.

–¿Dieciséis? –repitió Lottie, realmente impresionada–. Pero eso es...

–Suficiente –interrumpió Sarah con firmeza–. No discutas –añadió.

Suavizó sus palabras al darle un beso en la cabeza a la pequeña. A continuación, tomó su lista.

–Bueno, será mejor que me ponga en marcha. ¿Quieres venir conmigo, cariño?

–¿Dónde vas? –quiso saber Lottie, frunciendo el ceño.

–A comprar –respondió Sarah, tomando su cesta de paja. Comprobó que su monedero estuviera dentro–. Tengo que comprar comida para la boda de la tía Angelica.

–Prefiero quedarme aquí, con la abuela –dijo la niña, vacilando–. Pero no me importa ir contigo si vas a sentirte sola.

–¿Y si voy yo? –sugirió Lorenzo, mirando a la pequeña.

–¡Sí! –exclamó Lottie, emocionada.

–No –contradijo su madre al mismo tiempo.

–Tal vez te pierdas –comentó la niña con un lastimero tono de voz. Entonces sonrió a Lorenzo–.

Creo que tú también deberías ir. Mami siempre está diciendo que necesita un hombre agradable que la invite a salir.

Hacía muchísimo calor. Lorenzo la había dejado en una pequeña calle que daba a parar a la *piazza* principal del pueblo, donde se encontraba el mercado. Éste era realmente precioso y los puestos estaban decorados con alegres colores. Mientras andaba entre la gente con la lista en la mano, Sarah se involucró de inmediato en su tarea. Se detuvo en varios puestos para comprobar el estado de los tomates y oler los melones.

Los colores, olores y texturas de los productos la dejaron aturdida. Estaba en Italia. No hablaba muy bien italiano, pero los tenderos eran tan amables que podía tratar con ellos mediante gestos y sonrisas. Compró gran cantidad de productos frescos. En el último puesto al que acudió, el vendedor le regaló un melocotón cuando pagó.

–*Grazie, signor* –ofreció ella.

El hombre contestó algo en un italiano que Sarah no comprendió. No pudo evitar reírse.

–¡No comprendo!

–Ha dicho que es un placer atender a una chica tan guapa que claramente entiende de buena comida –tradujo una agradable voz detrás de ella.

Sarah no se giró, pero sintió que se le apagaba la risa, así como un nudo en el estómago.

Al reconocer a Lorenzo, el tendero sonrió aún

más ampliamente, tras lo que ambos hombres comenzaron a mantener una alegre conversación.

Ella se apartó a un lado y continuó comiéndose el melocotón. Repentinamente se dio cuenta de que Lorenzo y el tendero estaban mirándola. Lorenzo estaba sonriendo ante algo que el hombre había dicho mientras negaba con la cabeza. Entonces la miró fijamente a los ojos y ella sintió como una corriente eléctrica le recorría el cuerpo.

–¿Es un viejo amigo tuyo? –preguntó cuando por fin se alejaron del puesto.

Estaban andando por la plaza mientras se alejaban del mercado. Él llevaba una caja con las compras, caja sobre la que misteriosamente habían sido añadidas unas enormes trufas.

–No, pero al tener un trabajo que hace que aparezca tu fotografía en los periódicos, la gente cree que te conoce.

Sarah se miró los pies. Llevaba unas gastadas sandalias que dejaban ver el descascarillado esmalte de sus uñas.

–¿Qué te ha dicho?

–Me ha preguntado si tú eras la nueva mujer de mi vida.

Ella se puso las gafas de sol que había llevado en la cabeza durante la mañana.

–¡Oh, Dios, qué bochornoso para ti! Lo siento.

–No lo sientas. Cuando le dije que no, me preguntó que por qué no.

–¿Dónde vamos ahora? –preguntó ella, sorprendida.

–A un conocido restaurante que hay aquí, en la *piazza*. Para comer.

–Oh... –contestó Sarah, deteniéndose en seco– deberías habérmelo dicho. Voy a echar un vistazo a las tiendas de alrededor hasta que termines de comer...

Lorenzo tomó la caja de comestibles con un solo brazo y colocó la mano que le quedó libre en la espalda de ella para impulsarla a entrar en el restaurante.

–No, no vas a ir a ningún sitio. Vas a comer conmigo. Después de todo, también tienes que comer –dictaminó, guiándola hacia una apartada mesa del interior del local.

–En realidad, no. No creo que vaya a desmayarme, ¿no te parece? –respondió Sarah, sentándose y tomando la carta. Se cubrió la cara con ella para que él no pudiera ver lo ruborizada que estaba–. Como bien ha dicho el tendero, claramente entiendo de buena comida.

Tras sentarse a su vez, Lorenzo tomó con delicadeza la carta que sujetaba ella y la dejó sobre la mesa. Entonces se acercó a quitarle las gafas de sol.

–Era un cumplido –aclaró en voz baja, mirándola fijamente.

–Claro, esto es Italia. Había olvidado lo diferente que es de la estricta Inglaterra –contestó Sarah seriamente. A continuación, se levantó–. Perdóname un momento.

En el cuarto de baño para señoritas del local, miró con desaliento su reflejo en el espejo. Tenía la cara sonrojada y el sol había provocado que afloraran las pecas que marcaban su nariz. Pero aquello no era nada comparado con el desastroso estado de su pelo. Se quitó la diadema que llevaba y se pasó los dedos entre sus alocados rizos en un intento de domarlos. Entonces se mojó las manos y se humedeció con ellas el cabello. Decidió dejarlo suelto.

Mientras esperaba en la mesa, Lorenzo sirvió vino tinto en dos copas. Justo tras hacerlo, observó que ella volvía a su asiento.

Estaba acostumbrado a que las mujeres lo adularan, a que jugaran complicados juegos destinados a captar su atención y mantener su interés. Pero aquella chica que tenía delante no podía esconder el hecho de que preferiría estar en cualquier otro lugar que en aquel local.

Era alguien que no podía ocultar sus emociones, las cuales siempre quedaban reflejadas en su dulce cara. Y aquello podía facilitarle a él conseguir información acerca de su padre. Simplemente tenía que lograr que se relajara un poco en su compañía...

Al ver que se sentaba de nuevo, le acercó una de las copas de vino. Sarah esbozó una leve sonrisa que hizo obvios los hoyuelos de sus mejillas.

–Oh, Dios, no debería. Esta tarde tengo que cocinar y todavía no he decidido el menú. Beber a la hora de comer es muy mala idea.

–¿Todavía no has decidido el menú del banquete? *Bene*, en ese caso podemos calificar esto como investigación.

–¿Investigación? –repitió ella, desconcertada. Dio un largo sorbo a su vino.

Lorenzo asintió con la cabeza ante el moreno

hombre que estaba sacándole brillo tranquilamente a los vasos detrás de la barra. Gennaro era demasiado discreto para acercarse a ellos sin ser invitado, pero en aquel momento se dirigió a la mesa esbozando una gran sonrisa.

–Sarah, me gustaría que conocieras a Gennaro. Es el propietario del restaurante y experto en planear menús.

Ella sonrió y le tendió la mano al hombre. Gennaro la estrechó, pero al mismo tiempo se inclinó para darle dos besos en las mejillas. Entonces se dirigió a Lorenzo con la aprobación reflejada en sus oscuros ojos.

–*Delizioso* –comentó–. Tu gusto por las mujeres está claramente mejorando.

Lorenzo apartó una silla y le indicó que se sentara junto a ellos.

–*Non e come cio* –respondió, haciéndole saber que estaba equivocado.

–¿*Che?* –dijo Gennaro al sentarse, levantando las manos, desesperado–. Ésta es la primera mujer que traes aquí en diecisiete años que no parece que vaya a pedir una ensalada. ¿Y me dices que estoy equivocado?

–Sarah es cocinera –respondió Lorenzo. Esperó que Gennaro se diera cuenta del tono de advertencia que reflejaba su voz–. Lo que quiero es que nos des tu consejo culinario.

El propietario del restaurante se rió.

–Desde luego. Un placer. Es mi tema de conversación favorito. ¿En qué puedo ayudaros?

–Podrías empezar por traernos un poco de tu *bresaola* y después lo que sea que estés recomendando de segundo.

–Ah, habéis venido en el día oportuno, amigo. Hoy tenemos *porcetta* asada con hierbas. *Fantastico*. Dejádmelo a mí. Voy a traerte la mejor comida de la Toscana, Sarah.

–*Bresaola* –repitió ella mientras Gennaro desaparecía en dirección a la cocina. Con un intenso brillo reflejado en los ojos, le dio otro sorbo al vino–. Es ternera, ¿verdad?

Lorenzo asintió con la cabeza.

–Secada al aire y salada, como el *prosciutto*. Gennaro obtiene la carne de un ganadero de la zona cuya identidad no quiere revelar. Pero creo que tú podrías sonsacarle la información.

–¿Hay escasez de mujeres por aquí o algo parecido?

–No, ¿por qué lo preguntas?

–Porque normalmente los hombres no se desviven por hacer cosas por mí.

–Quizá sea porque normalmente das la impresión de que preferirías morir antes que aceptar ayuda...

–No es eso –protestó Sarah–. Yo...

Dejó de hablar al aparecer Gennaro con varios platos. Al percibir la tensa atmósfera que se respiraba en la mesa, el italiano se apresuró en dejar la comida sobre el mantel.

–*Buono appetito* –les deseó antes de alejarse.

–Lo siento, tienes razón –concedió entonces ella,

mirando brevemente a Lorenzo–. No me gusta aceptar ayuda, pero espero que no creas que es porque soy una desagradecida.

–No creo eso –respondió él, tomando un trozo de pan caliente–. Pero me gustaría saber la razón –añadió, cortando un poco de *bresaola*. Se lo ofreció a Sarah.

Ella aceptó la comida y le dio un bocado.

–¿Está bueno? –quiso saber Lorenzo.

–Mejor que bueno. Delicioso –contestó ella mientras tomaba más comida–. Y sería perfecto como entrada para el banquete de bodas. ¡Qué lugar tan fabuloso! ¿Vienes mucho por aquí?

–No tanto como solía –respondió él.

La verdad era que como estaba solo ya no salía tanto. A Tia le había gustado mucho comer fuera, no tanto por la comida en sí sino por el hecho de ser vista y fotografiada.

–¡Oh, mira! –exclamó Sarah, sorprendida–. Ése eres tú, ¿verdad? En la fotografía.

No dudó en levantarse de la silla y acercarse a la pared para ver más de cerca la fotografía. Lorenzo miró para comprobar a qué fotografía se refería y vio que era una en la que Tia y él estaban sentados a una mesa de la terraza del local.

–Dios –dijo Sarah–. ¡Es tan guapa!

–Sí –concedió Lorenzo, consciente de la dureza de su voz–. Nos realizaron la fotografía el verano pasado mientras rodábamos una película en la zona.

–¿Cómo se llamaba la película?

–*Girando alrededor del sol.*

–No la he visto. Nunca consigo una niñera, por lo que siempre veo las películas con mucho atraso.

En ese momento, él sirvió más vino en ambas copas.

–Todavía no se ha estrenado –explicó–. Se hará en el Festival de Cine de Venecia.

–¿Y tu... Tia... es la protagonista femenina?

–Sí. Y su actual pareja es el protagonista masculino.

Sarah se sentó de nuevo a la mesa. Pensó que todo aquello debía ser muy duro para Lorenzo.

–¿De qué trata la película?

–Se supone que de Galileo –respondió él, esbozando una mueca.

–Fue el que inventó el telescopio, ¿verdad? –comentó ella, sonriendo ante Gennaro al retirarle éste los platos.

–Entre otras cosas. Era un hombre increíble y un amante apasionado.

De nuevo, el propietario del local se acercó a ellos con dos platos en las manos. Dejó los segundos sobre la mesa y se retiró de manera discreta para no romper la intimidad que se había apoderado del ambiente.

–A Lottie no le gustaría –aseguró Sarah, respirando el aroma que desprendía la *porcetta*–. Está obsesionada con el sistema solar, pero no tanto con las relaciones íntimas apasionadas.

–Es una pequeña muy inteligente –dijo Lorenzo.

–Lo es –concedió ella, llevándose a la boca una porción de comida, tras lo que dio un nuevo sorbo al vino–. Creo que debe haberlo heredado de su padre, así como la falta de interés por las relaciones sentimentales.

–¿Cómo es él?

–Inteligente... analítico. Muy ambicioso. No comprendo cómo mantuvimos una relación tan larga.

–¿Cómo os conocisteis?

Sarah se dio cuenta de que Lorenzo no estaba comiendo mucho y se sintió avergonzada de que su plato ya estuviera medio vacío.

–Rupert trabajaba para un banco de inversiones en Londres. Yo preparaba comidas para ellos con mucha frecuencia. Supongo que pensó que yo sería una buena compañera.

–¿Fue amor a primera vista?

–Embarazo en la primera noche. Pobre Rupert. Debió haberse sentido atrapado. No era lo que él quería, pero...

–¿Lo que él quería? ¿Y qué pasaba con lo que tú querías?

–Oh, yo sólo quiero que Lottie esté contenta –se apresuró a contestar Sarah, consciente de que estaba hablando demasiado sobre su vida–. Quiero que tenga una buena vida, que sea una persona equilibrada y capaz de cuidar de sí misma.

–¿Y antes de eso? –quiso saber Lorenzo–. Antes de convertirte en madre. ¿Qué querías tú?

–Casualmente quería venir a Italia, quería vivir aquí y aprender todo acerca de la gastronomía italiana. Pero eso ya da igual. Ahora soy mamá. Aunque no una muy buena.

Tras decir aquello, inexplicablemente sintió que las lágrimas amenazaban sus ojos. Se sobresaltó al tomarle él una mano.

–¿Por qué haces eso? –quiso saber Lorenzo.

–¿El qué? –preguntó ella, susurrando.

–¿Por qué siempre te menosprecias?

–Lo siento –se disculpó Sarah, esbozando una compungida sonrisa.

–¿Y por qué siempre te disculpas?

La calidez que desprendía la mano de él estaba impidiendo que ella pensara con claridad. Un intenso deseo le recorrió la pelvis.

–No lo sé –contestó–. Supongo que será porque me siento culpable.

–¿Por qué tienes que sentirte culpable?

–No sabría por dónde empezar. Por ejemplo, por no ofrecerle a Lottie unas vacaciones en Disneyworld, por no llevar las uñas perfectamente cuidadas como hacen otras madres, por no haber sido capaz de lograr que Rupert me quisiera lo suficiente para quedarse a mi lado, por no darle hermanos a mi pequeña...

–¿Lottie quiere tener hermanos? –preguntó Lorenzo, apretándole la mano.

–Ella nunca ha dicho nada al respecto, pero sé que el resto de mi familia piensa que es algo que está perdiéndose. Y yo sí que creo que debería pasar menos tiempo con adultos y más con niños.

Avergonzada, Sarah se dio cuenta de que en aquel momento era ella la que estaba sujetando con firmeza la mano de su acompañante. Entonces lo soltó y apartó el brazo.

–¿Y tú? ¿Quieres tener más hijos? –quiso saber él.

Ella negó con la cabeza.

–Quiero mucho a Lottie. Y no es que piense que no querría a otro niño; estoy segura de que el amor que puede ofrecer una madre es infinito, pero...

–Continúa –pidió Lorenzo, mirándola con mucha intensidad.

–Pero también duele –admitió Sarah–. La preocupación de si estoy haciéndolo bien, la ansiedad de si ella es feliz o no. La... responsabilidad. No podría hacerlo de nuevo. No quiero. ¿Me convierte eso en alguien horrible?

–No –contestó él, sonriendo–. En absoluto.

Capítulo 7

MIENTRAS regresaban en coche al *palazzo*, Lorenzo miró a Sarah disimuladamente. Ésta estaba mirando por la ventanilla del asiento del acompañante, por lo que lo único que pudo ver fue el reflejo del sol del atardecer sobre su cobrizo cabello.

No estaba seguro de por qué le había preguntando en el restaurante si quería tener más hijos. Se suponía que debía centrarse en su padre, en ella... y no en él mismo. No debía complicar la situación con sus propios problemas.

Parecía que cada vez que lograba acercarse a Sarah, ésta se echaba para atrás. Volvía a camuflar sus sentimientos. Le recordaba a Lupo. Había encontrado al perro en un barrio pobre de Pisa cuando había estado filmando una película. Al pobre animal le habían dado una tremenda paliza y, aunque estaba muerto de hambre, no se atrevía a acercarse a ningún humano para que le diera de comer. Había tardado tres semanas en lograr tocarlo...

Al pasar por las puertas de acceso al *palazzo*, ella se giró hacia él y esbozó una tímida sonrisa.

–Gracias por el día de hoy –ofreció en voz baja–.

Por ayudarme a conseguir la comida y por lograr que el misterioso granjero de Gennaro nos suministre el resto de alimentos. No sé qué habría hecho sin ti. Seguramente habría calentado unas pizzas congeladas.

–No parece que tu hermana y su amiga coman mucho. Tal vez no les hubiera importado.

Sarah se rió. Fue una risa tan inesperada y natural que provocó que Lorenzo también riera. Aparcó el vehículo en un lateral de la vivienda, desde donde pudieron ver que había un grupo de personas sentadas en el jardín. Lottie estaba correteando por la hierba junto a Lupo.

–Han llegado Hugh y Guy –comentó Sarah con una fría voz.

–Estaba delicioso, como siempre. Un triunfo. ¿Cómo va a lograr la comida de mañana superar esto?

–Oh, Guy, eres muy amable –respondió Sarah, tomando el plato vacio de su padrastro–. Era sólo un *risotto* muy simple. Espero que el banquete de mañana sea un poco más memorable.

–¿Qué tal la cocina? ¿Tienes todo lo que necesitas?

–La cocina es maravillosa, increíble. Al igual que el resto del *palazzo*.

Habían cenado en una gran mesa en la *limonaia*, mesa iluminada por velas. Ya había oscurecido. Hugh se echó para atrás en su silla y sonrió a su futura esposa.

–Debo admitir que todo está saliendo bastante bien. Cuando me telefoneaste y me contaste lo que había ocurrido con el tejado, me quedé desolado. Pero has solucionado el problema fantásticamente. Bien hecho, cariño.

Apretando los dientes, Sarah continuó tomando los platos de la cena.

–Oh, en realidad no ha sido nada –dijo Angelica displicentemente–. Por lo que me habías dicho del *signor* Cavalleri... de Lorenzo... pensé que podría ser una persona difícil pero, de hecho, no ha podido ser más amable. Aunque no hay muchos hombres que puedan resistirse a Fen cuando intenta persuadirlos.

–Le pedí que nos acompañara a cenar –terció Fenella–. Pero dijo que tenía que trabajar. Una pena.

Sarah tomó el cuenco de la ensalada y pensó que no podía culpar a Lorenzo por haberse quedado en su despacho en vez de acompañarlos. Ella habría hecho lo mismo. Lottie ya estaba dormida en la lujosa cama de la habitación que estaban ocupando, pero a ella todavía le quedaba mucho trabajo que hacer para el banquete del día siguiente.

Mientras se dirigía hacia la cocina con los platos en las manos, se preguntó por qué siempre le hacía lo mismo su familia, por qué siempre le hacía sentir como si fuera la criada. Angustiada, se preguntó qué estaría pensando Lorenzo de ellos. Aquélla era su casa y no le parecía correcto que sus insensibles parientes parecieran haber tomado posesión de la vivienda.

Su anfitrión era muy amable. Mientras colocaba los platos en la enorme encimera del centro de la cocina, recordó la manera en la que la había hecho sentirse durante la comida. Había parecido interesado en ella, como si fuera importante, incluso deseable...

Lo que era completamente ridículo. No debía confundir la cortesía con el interés.

Miró el *risotto* que estaba cocinando y pensó que debía tener un pequeño detalle con Lorenzo para agradecerle lo amable que había sido.

Con una bandeja en las manos, se dirigió hacia el despacho de él minutos más tarde. Le llevaba pasta y vino. Cuando llegó a la puerta del despacho, oyó la agradable música que provenía de dentro. Llamó torpemente con un codo y entró.

Lorenzo estaba sentado en medio del caos que imperaba en su escritorio. Al sentirla entrar, levantó la mirada. Las facciones de su cara reflejaron sorpresa y enfado. Pero, a continuación, esbozó una impasible expresión.

–Lo siento –se disculpó Sarah–. Pensé...

Él se apresuró en apagar la música con un mando a distancia.

–Pensé que deberías comer algo –continuó ella–. He intentado llamar a la puerta, pero no podía hacerlo con las manos –añadió, mostrándole la bandeja a modo de explicación.

Pero Lorenzo ni siquiera estaba mirándola, sino que estaba ordenando algunos de los papeles que había en el escritorio. Los metió en un cajón junto con el libro que había tenido delante.

–No tenías que haberte molestado –dijo lacónicamente.

–No ha supuesto ningún problema. De todas maneras he tenido que cocinar para ellos, así que...
–respondió Sarah, acercándose para dejar la bandeja en el borde del escritorio.

Al ver que parte del vino se había derramado, se
apresuró a disculparse.

–Siento que se me haya caído el vino. Voy por
más...

–No –espetó él.

Ella se acercó entonces a la puerta para marcharse. Pero justo cuando llegó, Lorenzo habló de
nuevo. Hizo un considerable esfuerzo por controlar
su tono de voz.

–Gracias por la cena. Tiene un aspecto delicioso.

Sarah contestó algo sin sentido y se apresuró a
cerrar la puerta del despacho tras de sí.

Lorenzo se llevó las manos a la cara y suspiró.
Maldijo y se dijo a sí mismo que no podía haber
manejado peor la situación aunque hubiera querido.

Volvió a poner música, tras lo que abrió el cajón
donde había colocado las fotografías y el libro de
Francis Tate.

En vez de haber escondido aquello, tal vez debía
haberle dicho la verdad a Sarah.

Pero era demasiado pronto y tenía miedo de
asustarla. No sabía por qué ella se había negado a
darle permiso con anterioridad, pero era consciente

de que si quería rodar una película sobre el libro debía ganarse la confianza de Sarah. Debía disculparse...

Sarah se dijo a sí misma que no debía pensar en la actitud de Lorenzo, sino que tenía que concentrarse en preparar la crema ya que por lo menos aquello era algo que se le daba bien.

Desesperada, suspiró profundamente. Hacía mucho calor y había muchos mosquitos en la cocina. Todo el mundo se había ido a la cama hacía bastante tiempo.

Sudando, recordó la expresión de la cara del italiano cuando había entrado en su despacho; había reflejado una mezcla de irritación y alarma. Se quitó el delantal y se secó la humedad de la frente con éste. Tenía el vestido pegado al cuerpo debido a que estaba empapado en sudor y le resultaba imposible respirar. No podía soportarlo más. Dejó de remover la crema durante unos segundos para quitarse la prenda por encima de la cabeza. El alivio que la embargó fue enorme.

De inmediato, se sintió más calmada, más en control. Volvió a ponerse el delantal ya que de aquella manera, si se le acercaba alguien, de frente tendría un aspecto completamente respetable. Pero era muy improbable que aquello ocurriera ya que eran cerca de las dos de la madrugada.

La crema ya estaba casi preparada. Iba a utilizarla para cocinar una tarta de bodas típicamente italiana. Continuó removiendo la mezcla sin dejar de mirarla para evitar que se le pasara.

Justo entonces la puerta de la cocina se abrió.

Sintió una gran irritación al ser molestada en aquel momento tan crucial. Levantó la mirada y vio que era Lorenzo, instante en el que recordó que no llevaba puesto el vestido. Se sintió completamente horrorizada.

Se giró y le dio la espalda a los fogones. La enorme encimera que había entre ambos le otorgó cierta protección.

–Deja ahí la bandeja –dijo al ver que él estaba sujetándola en las manos.

–*Grazie*. Estaba delicioso –comentó Lorenzo, dejando la bandeja en la encimera.

–De nada. Como ya te dije, no supuso ningún problema, pero siento haberte molestado.

–No, no lo hiciste. He venido a disculparme por haber sido tan grosero. Cuando estoy trabajando soy muy poco sociable.

Consternada, Sarah emitió un pequeño gritito y retiró la crema del fuego al darse cuenta, demasiado tarde, de que se había pasado.

–¿Qué ocurre?

–La crema se ha cortado –se quejó ella.

Él se acercó a tomar la cacerola de las manos de Sarah para que ésta pudiera dirigirse a la pila a abrir el grifo del agua fría. Una vez que ella dejó correr el agua, se apresuró a tomar de nuevo la cacerola. Al hacerlo, las miradas de ambos se encontraron... así como sus manos en las asas. Lorenzo soltó la cacerola de inmediato y se echó para atrás para permitirle poner la crema bajo el agua. Sin dejar de mirarla a los ojos, se acercó para ayudarla a mantener la cacerola en la posición correcta.

Captaron su atención los pechos de su invitada, que estaban literalmente saliéndosele del sujetador por debajo del delantal.

Acalorada ante el escrutinio al que él estaba sometiéndola, Sarah tuvo que forzarse en concentrarse en lo que estaba haciendo y no en lo que deseaba hacer, que era abrazar estrechamente a Lorenzo y besarlo apasionadamente...

Pero la crema estaba deshaciéndose... al igual que ella.

–Déjalo ya –dijo él, soltando la cacerola. Entonces tomó a Sarah por los brazos y la obligó a girarse.

Al sentir las frías y húmedas manos de Lorenzo sobre su ardiente cuerpo, ella se estremeció. Pareció que aquel estremecimiento también le recorrió el cuerpo a él, que perdió el control. Repentinamente la atrajo hacia sí y la besó. Le acarició la espalda bajo su sensual pelo rizado.

Fue un beso hambriento y apasionado. Sarah se giró para apoyarse en la pila y lo agarró firmemente por los hombros, tras lo que apretó las caderas contra él. Lorenzo sintió como su sexo se ponía erecto. Deseó poseerla en aquel mismo momento, allí mismo...

Como si le hubiera leído el pensamiento, ella apartó los labios de los de él durante un segundo y se impulsó hacia arriba en la pila. Aturdido, sin el calor de los labios de Sarah, Lorenzo se preguntó a sí mismo qué demonios estaba haciendo. Dio un paso atrás.

—No —espetó—. No. Esto es un error.

Había ido a la cocina para disculparse, para ganarse la confianza de ella, no para faltarle al respeto. Y exactamente aquello sería lo que haría si la tomaba allí, de aquella manera.

Se giró y quiso explicarle que lo hacía por ella, para preservar su dignidad. Pero no lo hizo.

—Perdóname —se disculpó con aspereza, saliendo de la cocina sin decir nada más.

Capítulo 8

MAMI. Despiértate. Es hoy.

Al sentir la mano de su pequeña en la mejilla, Sarah se despertó. Estaba muy cansada; parecía como si acabara de acostarse. No había dormido mucho. Cuando finalmente se había metido en la cama junto a Lottie la noche anterior, le había costado mucho conciliar el sueño.

–¿Hiciste una tarta? –preguntó la niña–. ¿Tiene gente pequeña en la parte de arriba que se parece a la tía Angelica y al tío Hugh? ¿Puedo ponerme ahora el vestido de dama de honor?

–Lottie, eres como un despertador –gruñó Sarah. Lo último de lo que quería hablar era de la tarta. Agarró con los dedos la nariz de su hija–. ¿No tienes un botón para desconectarte?

Encantada, Lottie se rió.

–Lo tengo, pero no puedes tocarlo porque tienes que levantarte ya. La manilla grande está en el doce y la pequeña en el nueve.

Sarah se sentó en la cama de inmediato.

–¿Lo ves? –dijo la niña, mostrándole su reloj–. Es hora de levantarse. ¿Puedo ponerme ya el vestido de dama de honor?

La boda era a las once. Sarah se sintió invadida por el pánico.

–No. Lo que puedes hacer es desayunar a toda prisa y después podrás ponerte el vestido –contestó, levantándose. Se puso los pantalones cortos y la camisa color coral que había llevado el día anterior por la mañana.

Cuando bajaron a la cocina, descubrió que ésta estaba hecha un desastre... aunque ella misma la había dejado muy limpia la noche anterior. Al oír voces provenientes del jardín, salió fuera y se encontró con una improvisada fiesta de desayuno, fiesta en la que había gente que jamás había visto. Supuso que serían viejos amigos del colegio de Hugh y colegas del trabajo.

–Mami, ¿por qué no me has dejado ponerme el vestido? –quiso saber Lottie, tirando de la mano de su madre con impaciencia–. Todo el mundo está muy bien vestido. Me da vergüenza.

Sarah pensó que la pequeña tenía razón. Todos estaban muy arreglados. No había rastro de Angelica, por supuesto, pero Hugh se acercó a ella y le puso una copa de champán en la mano.

–Estábamos preguntándonos cuándo ibas a aparecer –comentó efusivamente–. Hemos tenido que preparar el desayuno nosotros solos, pero finalmente nos las hemos apañado bien.

–¡Qué alivio! –respondió Sarah, forzándose en sonreír–. Sois muy listos –añadió con ironía.

–Jeremy, ésta es Sarah –dijo entonces Hugh, presentándole a un amigo que se había acercado a ellos–. Es la hermana de Angelica, de la que estaba hablándote. ¿Te acuerdas? Es la encargada del banquete, así que es a ella a quien tienes que hablarle de tu regalo de bodas.

–He traído ostras –comentó el joven, orgulloso–. Ciento veinte de las más frescas de Inglaterra. Son las favoritas de Angelica... es una gran sorpresa para ella. Pensé que podrían servirse como entrada del banquete.

–¡Es fantástico! –exclamó Hugh, dándole unas palmaditas en la espalda a su amigo–. ¿No crees, Sarah?

Pero a Sarah no le parecía en absoluto fantástica aquella alteración a su menú. Despeinada y sin haberse siquiera lavado los dientes, había pasado la mañana limpiando la cocina, de nuevo, así como supervisando la manera en la que algunos amigos de Hugh habían colocado las mesas para el banquete en la *limonaia*. Y todavía tenía que resolver el pequeño problema de la tarta...

Angustiada, suspiró profundamente y maldijo. Dos veces.

–¿Cuánto pagarías para que no informe de ello a la policía de las palabrotas?

Rígida, ella se giró y vio a Lorenzo apoyado en el marco de la puerta que daba al jardín.

–¿Cuánto tiempo llevas ahí? –le preguntó.

–El suficiente para saber que no estás teniendo un buen día. ¿No deberías estar preparándote para la boda?

–Parece que no voy a llegar a tiempo para la ceremonia religiosa.

–¿Por qué no?

–Por las ostras –contestó Sarah con amargura, asintiendo con la cabeza ante las cajas que había en la encimera–. Una gran sorpresa. Desafortunadamente no sé qué hacer con ellas pero, sea lo que sea, tardaré un par de horas.

Despacio, él se acercó a ella, que se sintió muy avergonzada.

–¿Y qué pasa con la tarta?

–Un desastre. La crema se pasó demasiado y... Lorenzo la interrumpió con determinación.

–*Tutto bene*. Déjamelo a mí. Haré que Gennaro envíe otra. Nadie tiene que saberlo.

–No. Gracias.

–¿Dónde está Lottie?

–Arriba. Mi madre está arreglándola para la boda –contestó Sarah, disgustada al no poder estar haciéndolo ella misma.

–Sube a buscarla –dijo Lorenzo.

–No, está bien. Mi madre puede ocuparse de todo, estoy segura.

–Entonces sube y arréglate tú.

–No, de verdad, no puedo –respondió ella, comprobando la hora en su reloj–. En treinta minutos saldrán para la iglesia y, aunque tú te encargaras de la tarta, todavía tengo que decidir qué hacer con las malditas ostras. Supongo que para empezar debería abrirlas.

–No –espetó él, agarrándola por los hombros y

girándola hacia la puerta–. Déjamelo a mí. Las ostras nunca deben abrirse hasta que no estén preparadas para comer. A no ser que quieras que todo el mundo se intoxique con ellas.

–No querría intoxicar a todo el mundo –murmuró Sarah, que ya no podía seguir poniendo más excusas. Se apresuró a subir las escaleras de la vivienda...

–*Ciao, Gennaro. E grazie mille.*

Lorenzo colgó el teléfono y suspiró. El problema estaba resuelto. Gracias a Gennaro, en el banquete nupcial iban a disfrutar de una magnífica tarta. También había acordado utilizar los servicios de dos de los asistentes de cocina del propietario del restaurante, así como los de un par de sus camareros. Todos llegarían al *palazzo* en más o menos una hora.

Al mirar por la ventana, observó que Hugh y sus amigos estaban en el jardín preparándose para una sesión fotográfica alrededor de un Ferrari rojo que había aparecido delante de la casa. Un intenso enfado se apoderó de él. Alquilar aquel tipo de coche no era barato, pero parecía que el dinero no suponía ningún problema para Guy y Hugh... aunque éstos no eran capaces de ayudar a la pobre Sarah. Eran ellos quienes deberían pagar la tarta y el personal que él había contratado, pero sabía que de ninguna manera lo harían.

Parecía que para la egoísta y ociosa familia de

Sarah, ella no suponía otra cosa que un par de manos que les preparaba unas comidas excelentes y que después limpiaba todo.

Estaba a punto de volver a sentarse a su escritorio cuando oyó voces en el pasillo. Angelica debía estar saliendo para la iglesia. Comprobó la hora y se dio cuenta de que sólo habían pasado veinte minutos desde que había convencido a Sarah de que subiera a arreglarse. Seguramente todavía no estaba preparada, lo que suponía que no iba a poder ver a su hija elegantemente vestida mientras acompañaba a la novia.

Tomó la pequeña cámara que guardaba para grabar escenarios que le gustaban y se acercó a la puerta, la cual abrió sólo un poquito. Angelica estaba bajando las escaleras mientras sonreía al fotógrafo que estaba inmortalizando el momento. Fenella iba detrás de ella con un estrecho vestido, seguramente destinado a mostrar la buena figura que tenía. Pero él la ignoró y se centró en la pequeña niña que las acompañaba, cuyos ojos reflejaban una gran emoción bajo la corona de rosas color marfil que llevaba.

Sintió una gran presión en el pecho. Debería haber estado preparado para ello, pero el dolor todavía lo tomaba por sorpresa en algunas ocasiones.

En un momento dado, la pequeña Lottie miró hacia arriba y sonrió. Él siguió su mirada y se dio cuenta de que le había sonreído a su madre, que estaba en el rellano de las escaleras de la planta superior, arropada con una toalla y con el pelo húmedo, mirándola con orgullo.

Pero entonces, al pedir el fotógrafo que la niña se posicionara delante para realizar una fotografía, Sarah dejó de sonreír y una triste expresión se apoderó de su cara. Incluso derramó una lágrima, lágrima que Lorenzo capó con su cámara antes de que ella desapareciera.

Con mucho cuidado, Sarah cerró la puerta de su dormitorio tras de sí y se apoyó en ella. Se llevó las manos a las mejillas para intentar controlar la emoción que la había embargado.

Nunca lloraba ya que con lágrimas no se lograba nada. Pero se había emocionado mucho al ver a su hija, al ver lo guapa que estaba y lo bonito que todo había quedado para la boda.

Se había duchado y lavado el pelo en tiempo récord, por lo que en aquel momento no debía relajarse. Se apresuró a ponerse unas braguitas muy poco sensuales, pero destinadas a camuflar la celulitis. Entonces tomó el vestido que había decidido llevar en la boda y se lo puso. Era de seda lila. Lo había comprado hacía un par de años, cuando Rupert le había prometido llevarla a un partido de polo en Windsor. En aquella época había estado constantemente a dieta. Se había convencido a sí misma de que si permanecía delgada, él se habría dado cuenta de que estaba enamorado de ella. Pero Rupert ni la había amado ni la había llevado al polo.

Mientras se miraba en el espejo, oyó que llamaban a la puerta.

–Adelante.

La puerta se abrió y Lorenzo entró en la habitación. Tenía una copa de champán en la mano.

–Para ti.

–Oh... vaya, gracias –tartamudeó Sarah, aceptando la copa–. Pero no tenías que haber...

–Simplemente he venido a decirte que no tienes que preocuparte ni por la tarta ni por las ostras.

–¿De verdad? –respondió ella. Se le iluminó la cara–. ¿Pero cómo...?

–He telefoneado a Gennaro. Traerá una tarta mientras todos están en la iglesia.

–¿Y las ostras?

–Nunca cedería a ningún miembro de su personal, pero ayer le causaste una gran impresión. Su esposa también va a venir. No es un equipo muy grande, pero ayudarán mucho –comentó Lorenzo, acercándose a la puerta–. Baja cuando estés preparada. Te llevaré a la iglesia.

Capítulo 9

FUE UNA boda preciosa.

Todo el mundo lo dijo tanto en la iglesia como más tarde durante el banquete en la *limonaia*. Sarah estuvo tan ocupada encargándose de supervisar todo que apenas tuvo tiempo de sentarse y comer algo, aunque la ayuda de Gennaro y de sus asistentes fue crucial para que la celebración fuera un éxito.

Ya estaba atardeciendo, pero todavía hacía muchísimo calor. Ella incluso había tenido que subir a quitarse las opresoras braguitas que había llevado durante la ceremonia.

Al acercarse a servirle una taza de café a una de las tías de Hugh, ésta le comentó lo bonito que había quedado todo y lo eficiente que era Angelica. Incluso le preguntó de qué conocía a la radiante novia.

—Soy su hermana —contestó Sarah.

—¿De verdad? Dios mío, no os parecéis en nada. ¿Hermanas? —dijo la mujer, sorprendida.

—Bueno, en realidad somos hermanastras —explicó ella—. De padres diferentes.

En ese momento, un reflejo blanco captó su atención. Lottie estaba correteando por el jardín con su bonito vestido mientras un niño pequeño de pelo oscuro la seguía. Sarah pensó que era su oportunidad de escapar a aquella incómoda conversación.

–Si me disculpa, voy a ver si mi hija...

–Ah, es tu hija, la pequeña dama de honor –la interrumpió la mujer, que no parecía querer quedarse sola–. Es adorable. ¿Está tu marido por aquí?

Justo cuando Sarah iba a contestar, una masculina voz las interrumpió.

–Aquí estás, tesoro. Estaba buscándote –dijo Lorenzo, poniéndole una mano en el hombro.

–¡Oh! –exclamó ella.

–¿Podría perdonarnos, *signora?* –se disculpó él, murmurando.

A continuación, guió a Sarah hacia la puerta de la *limonaia.*

–¿Por qué has hecho eso? –le preguntó ella–. La mujer va a pensar que eres mi marido.

–Oí lo que estaba diciéndote y pensé que necesitabas rescate.

Una vez en el jardín, Sarah apartó el brazo que Lorenzo le había agarrado y se detuvo.

–No tienes que rescatarme todo el tiempo –aseguró en voz baja–. Puedo cuidarme sola.

–Yo creo que no.

–Bueno, pues sí que puedo –respondió ella, enojada–. Siempre he podido. Y lo seguiré haciendo –añadió, entrando en la cocina a continuación.

Lorenzo dio un puñetazo a la pared. No comprendía qué tenía Sarah para alterarlo tanto. No había pretendido decir que ella no podía cuidar de sí misma, sino que siempre se ponía por detrás de todos, por detrás de toda su familia. Y aquello era algo que no le gustaba.

Con los puños doloridos, se apoyó en la pared. Recordó que al día siguiente Sarah se marcharía a Inglaterra y si no le planteaba el tema de la película antes de que lo hiciera, sería una oportunidad perdida.

Mientras observaba a Lottie y al hijo de Alfredo jugar por el jardín, se le ocurrió una idea. Entonces se acercó a ellos...

–Mami, éste es Dino. Es mi nuevo amigo.

Sarah, que estaba a punto de secar una cacerola, se giró para mirar a su hija.

–Hola, Dino. Me alegra mucho conocerte –le dijo al pequeño de pelo oscuro, sonriendo.

–Dino no habla inglés, pero está enseñándome italiano. Luna nueva se dice *luna nuova*. ¿Sabes que esta noche va a haber luna nueva? Tienes que pedir un deseo –explicó Lottie, tomando la mano de su madre. A continuación le dio un tirón–. Vamos, ven con nosotros.

–¡Espera! –protestó Sarah–. Tengo que fregar todas estas cacerolas. ¿No podrías hacerlo vosotros dos por mí? Me gustaría que pidierais... –en ese momento vaciló al venirle a la cabeza pícaras ideas acerca de Lorenzo–. Dios, no lo sé... ¿la paz mundial y un enorme helado de chocolate?

–No funcionará si lo pedimos nosotros –contestó su hija–. Tienes que venir y pedir tu deseo tú misma. Tal vez puedas pedir que las cacerolas se laven solas y así, cuando vuelvas, ya estará todo limpio. Vamos, mami.

Tras insistir en aquello, la pequeña volvió a tirar de la mano de Sarah, que siguió a los dos niños con una mezcla de irritación y diversión. No había nada que detuviera a Lottie cuando se le metía algo en la cabeza. Pero aquella noche ella no estaba de humor. Estaba cansada, acalorada y... hambrienta.

Pero sobre todo, estaba triste. Lorenzo se había portado muy bien con todos ellos y ella se lo había pagado enfadándose con él como una colegiala mimada. Y al día siguiente se marchaban.

Le sorprendió que casi hubiera oscurecido ya. Debía haber estado en la cocina durante más tiempo del que había pensado. El grupo de jazz que había contratado Hugh ya había llegado.

–¡Li e! ¡La luna! ¡Esprimi un desiderio! –exclamó Dino.

–Tienes que cerrar los ojos –dijo Lottie con firmeza–. Voy a girarte tres veces y entonces tienes que pedir un deseo, ¿está bien?

Los niños comenzaron a reírse mientras Sarah sentía como si el suelo diera vueltas bajo sus pies.

–¡Ahora pide tu deseo! –dijo alegremente Lottie–. ¡Abre los ojos y pídelo!

Sarah abrió los ojos. Pero en vez de la luna, vio

que tenía delante el templo del que su hija le había hablado el día anterior. Estaba iluminado por unas bonitas luces doradas que provenían del interior de las cuatro columnas que sostenían el pórtico.

Confusa, divisó una oscura figura apoyada en uno de los pilares, figura que se dirigió hacia la luz. Lorenzo...

Capítulo 10

SARAH sintió cómo se le revolucionaba el corazón.

—¿Has pedido un deseo, mami? —le preguntó Lottie, tomándola de nuevo de la mano mientras Dino las seguía.

—No... no lo sé. Tal vez.

—Te hemos preparado una sorpresa —comentó su hija, tirando de ella hacia el templo.

—Lottie, espero que no hayas estado molestando a Lorenzo con...

—Los niños no me han molestado. Ha sido idea mía —terció él desde lo alto de las escaleras que subían al pórtico.

—¿El qué ha sido idea tuya?

Lorenzo comenzó a bajar entonces las escaleras con la mano tendida. Al llegar al suelo, tomó la de Sarah, que se quedó sin aliento.

—La cena —respondió él, guiándola para que subiera las escaleras.

Cuando llegaron arriba, ella se quedó impresionada. Había una mesa de piedra junto a una de las paredes del templo y a cada extremo de ésta unos candelabros con numerosas velas iluminaban el lugar. En el centro había una botella de champán en una cubitera con hielo y en el suelo una cesta de picnic. Miró a Lorenzo a la cara y apartó la mano.

–No sé qué decir –susurró.

–¡Di que te encanta! –gritó Lottie, dando unas palmaditas–. ¡Es como un cuento de hadas!

Dino y ella habían subido las escaleras detrás de su madre.

–Me encanta –dijo entonces Sarah–. De verdad. Pero no sé por qué tú...

Lorenzo la interrumpió al girarse hacia los niños y darles algo que sacó de uno de sus bolsillos.

–*Grazie mille, bambini.* ¿Recordáis lo que os he dicho? Lottie, tú ve corriendo con tu abuela. *Dino, trova il tuo madre, ¿si?*

–¡Sí! –exclamaron los pequeños al unísono, agarrando firmemente las monedas que Lorenzo les había dado. A continuación, se apresuraron a bajar las escaleras del templo.

Sarah los observó hasta que perdió a ambos de vista, tras lo que volvió a mirar a su acompañante, que tenía una casi triste expresión reflejada en la cara.

–No comprendo –comentó.

–Quería disculparme. No quise decir lo que te dije antes... o sí que quise decírtelo, pero no de la manera en la que tú lo interpretaste. No creo en absoluto que seas incapaz de cuidar de ti misma; me refería a que no pones tus propias necesidades por delante de las de los demás.

–No importa –respondió ella–. Estoy bien.

–¿Has comido hoy?

–N... no, pero...

–*Essattamente* –respondió él, levantando la tapa de la cesta–. Cuidas de todo el mundo. Preparas la comida... –añadió, sentándose a la mesa mientras tomaba una caja de la cesta y la ponía sobre la superficie de piedra– limpias sus platos, organizas sus cosas. Pero lo que yo quiero saber es... –en ese momento abrió la caja y sacó una ostra junto con un pequeño cuchillo– ¿quién cuida de ti?

–Ya te lo dije; no necesito que nadie cuide de mí. De verdad. Siempre he sido independiente. Odiaría tener a alguien que me dijera lo que tengo que hacer.

–Siéntate.

Sin pensar, Sarah se acercó y se sentó. Observó como Lorenzo esbozaba una sonrisa.

–Está bien. Lo odiaría la mayor parte del tiempo. Esta noche estoy demasiado cansada para discutir.

Él tomó entonces la botella de champán y la descorchó, tras lo que sirvió dos copas.

–Me alivia saberlo, pero no me sorprende –comentó, acercándole a ella una de las copas–. Hoy no has parado ni un minuto. No debe ser fácil responsabilizarse de todo tú sola.

–Estoy acostumbrada a hacerlo. Como ya te dije, el padre de Lottie no solía estar mucho con nosotras.

–Lo sé, pero creo que has soportado la responsabilidad de muchas cosas desde antes de eso.

Sarah se preguntó a sí misma cómo se había dado cuenta él de aquello. Dio un largo trago al champán y evitó su mirada, temerosa de lo que pudiera ver reflejado en ésta.

Lorenzo abrió la ostra y se la ofreció a ella, que no sabía si aceptarla o no.

—No sé... Puede que te suene ridículo, pero nunca antes he tomado una.

—Tu vida ha sido demasiado formal. Primero el Orgasmo Ruidoso y ahora las ostras. Te faltan muchas cosas por aprender.

Estaban sentados muy cerca el uno del otro. Él no tuvo que acercarse mucho para ofrecerle la ostra en la boca. Sarah abrió los labios tentativamente mientras lo miraba a los ojos.

—Métetela en la boca. Pero no te la tragues. Apriétala con la lengua.

Sin dejar de mirarlo, ella hizo lo que le había dicho. Un intenso y delicioso sabor salado se apoderó de sus papilas gustativas. Al mismo tiempo sintió que la lujuria se apoderaba de su pelvis, en parte por el innegable erótico sabor de la ostra, así como por la calidez que vio reflejada en los ojos de Lorenzo.

—Ahora trágatela —dijo él.

Aquella ostra estaba absolutamente deliciosa.

—¿Te ha gustado?

—Sí... oh, sí...

Lorenzo tomó otra y la abrió.

—Entonces... ¿qué fue lo que te hizo tener un sentido tan acuciado de responsabilidad?

Sorprendida ante aquella pregunta, Sarah dio un sorbo al champán antes de contestar.

–No sé. Mi padre...

Pero entonces dejó de hablar repentinamente. Aquellas dos últimas palabras le hicieron darse cuenta de la realidad. Estaba cansada, tanto física como mentalmente. El día había sido agotador y la combinación del champán, las velas y el calor de la velada estaba aturdiéndola. Si no tenía cuidado, iba a contarle toda la aburrida historia de su vida

Él se llevó una ostra a la boca y disfrutó de su afrodisiaco sabor. Había sabido que aquello iba a ser difícil, pero no había pensado en el tormento que supondría comerse aquel delicioso manjar mientras miraba a los oscuros y dilatados ojos de ella.

–¿Qué pasa con tu padre? –preguntó con lo que esperó resultara indiferencia–. Háblame de él.

–Es una larga historia. Larga y no muy interesante.

–¿Me dejas que sea yo el que lo juzgue?

–Créeme. Los dramas de las familias de otra gente son aburridos. Son simplemente variaciones del mismo tema, ¿no es así?

–¿Y qué temas son ésos?

–Culpa, arrepentimiento, pérdida...

Lorenzo abrió en ese momento otra ostra y se la ofreció a Sarah, que la aceptó gustosa.

–¿Lo querías?

–Sí, lo quería –contestó ella en voz baja con el dolor reflejado en los ojos.

Él puso las ostras vacías en la caja y sirvió más champán.

–¿Dónde encajan entonces la culpa y el arrepentimiento?

–Obviamente no se lo mostré suficiente. Debí haberle dejado claro mi cariño.

–¿Cuántos años tenías cuando murió? –quiso saber Lorenzo, dando un sorbo a su copa.

–Cinco –respondió Sarah.

–Como Lottie.

–Sí.

Con cuidado, él dejó su copa en la mesa y le apartó a ella un rizo que le había caído sobre la cara. Se lo colocó detrás de la oreja.

–Eso es una gran carga para una niña tan pequeña. ¿Qué te hace pensar que podías haber hecho más?

–Mi padre se suicidó.

–*Ah, piccolino* –no pudo evitar contestar Lorenzo. Sintió unas enormes ganas de besarla para consolarla. Pero se contuvo. Debía lograr que Sarah continuara hablando para llegar a un punto en el que pudiera sacar el tema del libro...

–Si hubiera sido más... –continuó ella, vacilante– no sé, más... tal vez él no lo habría hecho. Escribió un libro que era una recopilación del trabajo de toda su vida. Me lo dedicó a mí. La dedicatoria decía que yo había hecho que su vida mereciera la pena... Pero poco después de haberlo escrito debió haber cambiado de idea o tal vez yo dejé de hacer que su vida mereciera la pena.

–No puedes culparte a ti misma. Tu padre era una persona adulta con toda clase de razones que tal vez jamás sepamos o comprendamos para sentirse infeliz. Cuando las cosas se complican tanto, es imposible pensar con claridad ni ser consciente de las consecuencias de tus acciones. Tu padre no comprendía lo que estaba haciendo.

–Ojalá pudiera creer eso –comentó Sarah, mirándolo. Sus ojos reflejaban una gran angustia.

–Es normal estar enfadado.

–No lo es –dijo ella–. Tengo muy pocas cosas de él. Tuve muy poco tiempo a su lado y ahora tengo muy poco para recordarlo. No está bien estropearlo con enfado. Es horrible.

–No, es natural. Completamente natural. Precisamente en eso consta la culpa. No te culpas a ti, sino a él, ¿no es así? –supuso Lorenzo.

–Un poco –concedió Sarah–. Cuando mi madre se casó con Guy, solía desear que él fuera mi padre de verdad. Guy era lo que un padre en toda regla debía ser. Siempre estaba riéndose, nos daba mucho dinero y se refería a Angelica como «princesa». Pero también me culpo a mí misma. Yo no era alegre, rubia y preciosa como mi hermana. Fui una niña muy vergonzosa.

–Eras la hija de tu padre. Estoy seguro de que él te amaba por lo que eras.

–No era suficiente –respondió ella, esbozando una triste sonrisa.

Lorenzo suspiró y se agachó para tomar de la cesta un plato con una generosa porción de tarta.

–Los niños no pueden ser responsables de la felicidad de sus padres. Lo sabes. ¿Es culpa de Lottie que su padre no se quedara junto a vosotras?

–No, no. Eso también es culpa mía... Oh, Dios,

normalmente no soy una compañía muy alegre, aunque tampoco soy tan sosa como hoy. Comamos un poco de la tarta de Gennaro y hablemos de otra cosa –sugirió Sarah, sintiendo como una lágrima le caía por la mejilla.

Antes de poder contenerse, él se acercó a ella y le secó la lágrima con el dedo gordo.

–Vamos a tomar un poco de tarta –concedió–. Pero no vamos a cambiar de asunto hasta que no hayamos aclarado un par de cosas. Lo primero de todo es que no es culpa tuya que el padre de Lottie os abandonara. Ni siquiera es culpa de él, que lo que ha sufrido es una gran pérdida.

Temblorosa, Sarah cerró los ojos durante un momento. Su cara reflejó una intensa expresión de dolor. Con una cuchara, Lorenzo tomó un trozo de tarta y se lo acercó a ella a los labios. Al ver como abría los ojos y la boca, se sintió invadido por un profundo deseo.

–Y segundo... –prosiguió, susurrando– no eres sosa. Eres una de las personas más complicadas e interesantes que he conocido en mucho tiempo.

Entonces se acercó aún más a ella y volvió a tomar tarta con la cuchara. Sarah la aceptó tan obedientemente como un niño. Lo miró a los ojos. Parecía exhausta.

–Sarah... –dijo él en voz baja– bonito nombre.

–No tan bonito como Angelica –respondió ella, esbozando una triste sonrisa.

–Son nombres muy diferentes. ¿El tuyo lo eligió tu padre?

–No, mi madre. También eligió el de Angelica. Le encantan los ángeles.

–*Seraphina*...

–No me queda bien. No le hago honor. Sarah va mejor con mi personalidad.

Lorenzo acercó su hombro a ella para que pudiera reposar la cabeza en éste. Sarah no se resistió y se apoyó en él, que comenzó a acariciarle el pelo. Estuvo haciéndolo durante varios minutos... sin importarle que se hubiera quedado profundamente dormida.

Capítulo 11

LORENZO se sentó a su escritorio y, sin darse cuenta, comenzó a juguetear con el mini planetario mecánico que había sobre éste. Recordó la noche anterior y como había sentido que en el templo había logrado que el tiempo transcurriera más despacio. Tomó el ejemplar de *El roble y el ciprés* que tenía delante y ojeó las primeras páginas en busca de la dedicatoria.

A Seraphina, que me da esperanza, alegría y una razón para vivir.

Tras leerla, dejó el libro de nuevo en el escritorio y se levantó. Al analizar aquellas palabras, podía comprender por qué Sarah pensaba que le había fallado a su padre de alguna manera.

Se acercó a la ventana y vio a la pequeña Lottie sentaba junto a Dino en el césped. Estaban tirando piedrecitas a un cartón de zumo vacío bajo la atenta mirada de Lupo. Al fijarse más detenidamente, se dio cuenta de que la niña había estado llorando. Tenía la cara y los ojos enrojecidos. En un momento dado, lanzó una piedrecita con mucha fuerza. El cartón volcó para atrás y golpeó el cristal de la ventana del despacho. Dino se levantó y ayudó a su amiga a hacer lo mismo, tras lo que ambos se fueron corriendo.

Esbozando una leve sonrisa, Lorenzo se giró. Puso música y volvió a sentarse a su escritorio.

Antonio Agostino era un conocido compositor al que le había hablado de sus planes respecto a la película sobre el libro de Tate. La melodía que estaba apoderándose de cada rincón de la sala había sido creada por el músico tras haber leído uno de los ejemplares.

Cerró los ojos y se imaginó de nuevo en Oxfordshire, recordó como Sarah había subido por aquella colina al atardecer...

En aquel momento, abrió los ojos abruptamente al oír que llamaban a la puerta.

–*Entrare* –espetó.

Durante un momento no ocurrió nada, pero entonces la puerta se abrió muy despacio. Unos compungidos Lottie y Dino entraron en el despacho seguidos por Lupo.

–Siento haber tirado esa piedra –se disculpó la niña–. *Mi dispace* –añadió, conteniendo las lágrimas.

–*Non importa*. No se ha roto nada –la tranquilizó Lorenzo–. Tu italiano está mejorando mucho. ¿Ha estado enseñándote Dino?

Lottie asintió con la cabeza pero, al mismo tiempo, no pudo evitar romper a llorar.

Él frunció el ceño. Se sintió impotente ante la angustia de la pequeña. No sabía nada de niños.

–¿Qué ocurre? –preguntó.

Dino abrazó protectoramente a su amiga por encima de los hombros.

–No quiero irme –contestó la pequeña–. Odio Londres y odio a las niñas estúpidas de mi clase. Todo lo que hacen es jugar con muñecas y criticarse las unas a las otras. Le he preguntado a mi mami si sabe cuándo podríamos volver aquí y me ha dicho que tal vez nunca lo hagamos. Dino es mi mejor amigo y no sé si jamás volveré a verlo ya que vivimos a miles y miles de kilómetros de distancia...

–Shh... –dijo Lorenzo, mirando su mini planetario–. Venid a ver esto.

–¿Qué es? –preguntó Lottie–. ¿Es eso la luna?

–La gran esfera del centro es el Sol –explicó él–. Esta pequeña de aquí es la Luna y la que hay junto a ella es la Tierra.

–Oh...

–Mirad, aquí está Italia. Nosotros estamos aquí, en la Toscana. Y ahí... –continuó Lorenzo, indicando un poco más arriba– ahí está Londres, ¿lo veis? No está tan lejos como pensáis. No comparado con todo el universo.

Entonces hizo girar la Tierra y observó las expresiones de fascinación que se reflejaron en las caras de los pequeños.

–¿Lottie?

Él levantó la mirada y vio a Sarah en la puerta del despacho. Llevaba el pelo peinado para atrás, una camiseta verde y una minifalda vaquera que mostraba sus largas piernas.

–¿Qué? –respondió la niña, malhumorada. Ni siquiera se giró.

–Tienes que venir a lavarte la cara y las manos –explicó su madre con delicadeza.

–Gracias por enseñarme el planetario –le dijo Lottie a Lorenzo antes de darse la vuelta y pasar con mucha solemnidad junto a su madre.

Dino la siguió como una sombra.

–Lorenzo, sobre anoche... –comenzó a decir Sarah desde la puerta–. Lo siento. Siento haberte aburrido tanto y haberme quedado dormida. No sé qué me ocurrió.

–Supongo que estabas agotada –respondió él–. Trabajaste muy duro durante todo el día. No tienes por qué disculparte.

–Pero no debiste haberme llevado a la cama cuando estaba dormida y... –comentó ella, ruborizada.

–Sí. Fue todo un alivio poder hacer algo por ti sin que discutieras.

–Gracias. Espero que los niños no te hayan molestado mucho.

–En absoluto –aseguró Lorenzo, maravillado ante las piernas de Sarah.

–Eso está bien. Lottie está muy enfadada conmigo.

–Porque le has dicho que no volvería a Italia para ver a Dino.

–Sí, bueno, no me parece bien darles falsas esperanzas a los niños. Y, para serte sincera, creo que no es muy probable que podamos volver. Parece que a Angelica ya no le gusta la casa que compraron. Reformar todo el tejado va a conllevar mucho trabajo, así que no sé si se quedaran con la propiedad. Y, aunque lo hicieran, los billetes de avión son caros, sobre todo durante las vacaciones escolares. Guy pagó los gastos para que viniéramos a la boda, pero lo que normalmente podemos permitirnos es un día de playa en Brighton. No puedo prometerle nada.

–No le gusta mucho el colegio, ¿verdad?

–¿Cómo lo sabes? –preguntó Sarah, sorprendida.

–Por algo que ha dicho. No quiere regresar a Londres.

–Me temo que no tiene otra opción. Sé que es difícil para Lottie, pero prefiero que se disguste ahora a que se haga ilusiones de algo que no va a ocurrir. Es mejor ser realista.

–Quiero ofrecerte una alternativa –dijo él, sentándose a su escritorio.

–¿A qué te refieres?

–Quiero pedirte que te quedes. Tú necesitas un trabajo y yo necesito...

–No –interrumpió ella a la defensiva–. No, no puedes hacer eso.

–¿Hacer qué?

–Rescatarme de nuevo. Sé que estás intentando ayudar, pero...

–Parece que piensas que soy mucho más honorable de lo que en realidad soy –comentó Lorenzo–. Soy yo el que necesita ayuda. No puedo ocuparme de todo el *palazzo* solo; necesito a alguien que se ocupe de la casa. A ti te vendría muy bien el dinero, te gusta Italia y parece que a Lottie le encanta estar aquí. Estoy simplemente sugiriéndote un acuerdo de negocios, durante el tiempo que quieras... hasta que empiece el curso escolar a finales de verano o durante más tiempo.

Sarah se quedó muy impactada ante aquel ofrecimiento.

–Hay un proyecto que estoy intentando realizar –continuó él, tomando un libro de su escritorio, libro que volvió a dejar en su sitio de inmediato–. Voy a tener reuniones con productores y contables, por lo que quiero tener a alguien alrededor que prepare una taza de café decente.

–No sé qué decir. Me has tomado por sorpresa.

–Por supuesto. Piénsalo. Háblalo con Lottie.

–¿Crees que podré razonar con mi hija? –respondió Sarah, riéndose–. Le encantará la idea.

–¿Entonces qué te detiene? –quiso saber Lorenzo, mirándola fijamente–. Aquí tendrás completa libertad para hacer lo que quieras. Como acabo de explicarte, voy a estar completamente inmerso en la creación de un guión, por lo que probablemente no nos veamos mucho.

Ella pensó que el mensaje de él estaba claro; aquello era simplemente una oferta laboral... una oferta que ofrecía una solución a todos sus problemas. Lo único que se interponía para que la aceptara era su orgullo. Pero como casi ni podía permitirse comprarle a su hija un par de zapatos, el orgullo resultaba ser todo un lujo en aquel momento.

–Gracias –dijo con solemnidad–. Si realmente no te importa, me gustaría quedarme.

Capítulo 12

AL PRINCIPIO, Sarah se había sentido un poco extraña al estar en Castellaccio una vez que toda su familia se había marchado. Pero con el paso de los días se había acostumbrado a la tranquilidad del *palazzo* y había disfrutado al observar como Lottie parecía realmente contenta. La pequeña ocupaba su propio dormitorio y pasaba los días junto a Dino, correteando por los jardines de la propiedad. En ocasiones, ella se llevaba a los dos niños al pueblo para comprar alimentos y les invitaba a tomar un helado. O simplemente los dejaba bajo la supervisión de la amable y paciente madre de Dino, Paola, a quien Lottie adoraba.

Según fueron pasando las semanas, pensaba menos y menos en Rupert. Cuando lo hacía, era con desprecio, hasta el punto de preguntarse cómo había creído alguna vez que lo amaba. Durante las noches, en ocasiones se sentaba con Lorenzo a la mesa y charlaban de todo tipo de cosas aunque, por algún acuerdo tácito, su conversación siempre versaba sobre algo impersonal. Él no hablaba de sí mismo y ella no volvió a desnudar su alma como había hecho la noche del templo. Pero, aun así, siempre estaba deseando que llegara la velada.

En ocasiones, Lorenzo no terminaba de trabajar hasta tarde y, con el corazón revolucionado, tras acostar a Lottie, Sarah llamaba a la puerta de su despacho para decirle que la cena estaba preparada. Se habían hecho amigos. Pero ella era consciente de que sentía algo más que amistad hacia su anfitrión...

Una noche, mientras bajaba por las escaleras del *palazzo*, oyó que sonaba el teléfono en la cocina. Normalmente dejaba que Lorenzo respondiera en su despacho, pero sabía que él estaba hablando con alguien por otra línea. Se apresuró a responder.

–Hola –dijo al tomar el auricular.

–Hola, ¿quién es? –preguntó la interlocutora, que tenía un claro acento italiano.

–Oh, este... soy Sarah, el... ama de llaves del *signor* Cavalleri.

–*Bene*, me alegra oírlo. Gracias a Dios que ha entrado en razón y ha contratado a alguien para que cuide el *palazzo*. ¿Podría hablar con él?

Ella agarró el teléfono con fuerza al reconocer aquella bella voz.

–Me temo que ahora mismo está hablando por la otra línea. ¿Es usted la *signora* Cavalleri? Puedo pedirle que le devuelva la llamada cuando...

En ese momento dejó de hablar al ver que Lorenzo estaba de pie en la puerta de la cocina.

–¡Oh! Espere un momento. Está aquí. Ahora se pone.

Él negó con la cabeza. Claramente no quería responder a aquella llamada.

–Lo siento –se disculpó Sarah, murmurando, al acercarse Lorenzo a tomar el teléfono.

–*Ciao* –dijo él al auricular con un tono de voz apagado, dándole la espalda a ella.

Sarah salió al jardín. Se estremeció al darse cuenta de que agosto ya casi había acabado, lo que implicaba que en poco tiempo tendría que tomar importantes decisiones.

Admitió para sí misma que no quería regresar a Inglaterra. En aquel rincón de la Toscana estaba muy cómoda y Lottie parecía realmente feliz por primera vez en su vida.

Al oír como Lorenzo hablaba en italiano por teléfono, pensó que tenía una voz muy sexy. Pero de inmediato se recordó a sí misma que sonaba tan sensual porque estaba hablando con Tia. Todavía estaba loco por ella. Era obvio. Había una palabra de las que estaba diciendo él que sí que entendía. Venecia. La repetía una y otra vez.

Angustiada, pensó que tal vez Tia y Lorenzo estaban planeando darse otra oportunidad y habían pensado en realizar un romántico viaje a aquella ciudad. Comenzó a andar por el jardín y llegó al templo. Despacio, subió las escaleras de éste y se colocó entre dos columnas. Recordó la noche que había pasado junto a Lorenzo en aquel lugar; le preocupaba lo que no recordaba. Él la había llevado a su dormitorio una vez que se había quedado dormida apoyada en su hombro. Se había despertado a la mañana siguiente en su cama sin el vestido que había llevado para la boda pero con ropa interior.

Sólo con el sujetador ya que se había quitado las braguitas horas antes...

–Ahí estás.

Al oír aquella voz, se giró. Lorenzo estaba acercándose al templo con una botella de vino y dos copas en las manos. Parecía angustiado y cansado.

–Tengo que hablar contigo –le dijo mientras subía las escaleras.

–Está bien –contestó ella, deseando haberse lavado el pelo y haberse cambiado de ropa. Las pocas prendas que había llevado consigo para su corta visita inicial de cuatro días estaban dando para mucho, pero estaba muy cansada de ellas.

Él dejó las copas en la mesa de piedra, pero Sarah se sintió reacia a sentarse.

–¿Está Lottie dormida? –quiso saber Lorenzo, sirviendo vino en ambas copas.

–Sí, por fin –contestó ella, aceptando la copa que le ofrecía él–. Estaba muy emocionada por los planes que ha estado haciendo con Dino; quieren dormir en una tienda de campaña una noche. Aparentemente Alfredo ha dicho que se quedará con ellos y que comerán helados y salchichas.

–¿Estás de acuerdo?

–Les dije que te preguntaría a ti. Lo siento; he olvidado mencionarte que quieren acampar aquí, en tu jardín. Lupo está incluido en su lista de invitados.

–Creo que podéis persuadirme, pero es porque tengo un motivo oculto. Tengo que pedirte una cosa a cambio –respondió Lorenzo.

–Está bien –dijo Sarah, temiendo que fuera a pedirle que se marcharan a finales de semana debido a que iba a volver con Tia–. ¿Pero podemos hablarlo en la casa? Es que no me gusta dejar a Lottie sola. Sé que está dormida y que estamos muy cerca, pero si se despierta...

También deseaba regresar a la casa ya que no quería que los bonitos recuerdos que guardaba del templo se estropearan con lo que su jefe fuera a pedirle.

Ambos se dirigieron hacia el *palazzo*, que parecía un paraíso terrenal

–Lottie tenía razón cuando dijo que tu casa es el lugar más encantador del mundo –comentó.

–También tenía razón cuando dijo que es demasiado grande para una sola persona.

Cuando llegaron al jardín que había frente a la cocina de la vivienda, él dejó las copas que había llevado consigo en una de las mesas que había en el césped y Sarah entró a comprobar cómo estaba Lottie. Antes de volver a bajar al jardín, no pudo evitar pasar a su dormitorio y ponerse colorete en las mejillas. En realidad, no supo para qué.

–¿Está todo bien? –le preguntó Lorenzo al verla salir. Estaba sentado en un banco.

–Sí. Está dormida –contestó ella, sentándose a su vez.

Él pensó que podían ser cualquier pareja hablando de su hija, lo que le hizo sentir una extraña sensación en el estómago.

–*Bene* –dijo con brusquedad–. Ahora tengo algo que preguntarte, pero debes prometerme que dirás que no si no es lo que quieres –explicó–. La mujer que me ha telefoneado antes era Tia.

–Lo sé –respondió Sarah con una gran amargura reflejada en la voz.

–Quería recordarme lo de Venecia. Yo no me había olvidado, pero había logrado apartarlo de mi mente... esas celebraciones son realmente aburridas.

–¿Qué tipo de celebraciones?

–Es el Festival de Cine. *Girando alrededor del sol* está nominada y Tia quería asegurarse de que yo estuviera allí para presenciar su triunfo.

–¿Su triunfo?

–Sí, toda la prensa estará centrada en fotografiarla junto a Ricardo y en observar mi reacción al verlos a ellos dos juntos. Le película en sí apenas será nombrada.

–¿Todavía están juntos?

–Sí. Y no hay mucho que yo pueda hacer para lograr centrar la atención de la gente en la película. Pero, sin duda, mucho del morbo de la historia se terminará si aparezco con una nueva acompañante –aseguró Lorenzo, dejando su copa de vino sobre la mesa–. *Dio*, Sarah, no estoy explicándote esto muy bien, ¿verdad?

–¿Estás pidiéndome que vaya contigo?

–Sí. Lo último que quiero hacer es aprovecharme de ti, por lo que estaremos allí durante muy poco tiem...

–Está bien –interrumpió ella, aliviada–. Me encantará acompañarte.

–Ha sido más fácil de lo que pensaba –comentó él con sequedad.

Sarah dio un largo sorbo a su vino y casi se atragantó.

–Bueno, no eres el único que tiene un ex al que quiere fastidiar –dijo cuando por fin pudo hablar–. No va a hacer ningún daño que Rupert me vea en la alfombra roja del Festival de Venecia del brazo de un... importante director de cine italiano.

Aquello era mentira. Rupert no era la razón por la que había accedido a acompañar a Lorenzo. Y casi había dicho de un «sexy» director de cine italiano...

Capítulo 13

NO PUEDO creérmelo. ¿Por qué no me dijiste que tenías un avión privado?

Sarah se detuvo nada más entrar en el pequeño *Citation* jet y se giró para mirar a Lorenzo.

–No es mío. Es alquilado. Pero es la manera más rápida de ir y volver de Venecia.

–Y la más llevadera –comentó ella, riéndose al ver aparecer a un auxiliar de vuelo con una botella de champán en una cubitera.

–¿Le gustaría sentarse, *signorina*? –sugirió el auxiliar–. En pocos minutos despegaremos.

–¿Puedo echar un vistazo primero? ¿Le importa? Nunca había montado en un avión privado. De hecho, sólo he viajado en las líneas regulares en muy pocas ocasiones. Oh, mira... hay una pequeña nevera y una televisión. ¿Para qué sirve este botón?

–Es un sistema de comunicación por satélite, *signorina*.

Incapaz de contener una sonrisa ante la emoción de ella, Lorenzo observó la escena. La dulzura y el entusiasmo de Sarah estaban logrando animarlo levemente.

–Dios, a Lottie y a Dino les encantaría todo esto –comentó ella, girándose hacia él.

–¿Quieres telefonear a casa?

Sarah vaciló y durante una fracción de segundo la alegre expresión de su cara se oscureció. Pero, a continuación, volvió a sonreír y negó con la cabeza.

–¿Para interrumpir su día de camping? Creo que no. Probablemente Lottie ni siquiera se haya dado cuenta todavía de que me he marchado.

–¿Estás bien?

–Sí. Sí, desde luego –contestó ella, sentándose en uno de los asientos de cuero–. Simplemente es extraño, eso es todo. Apenas la he dejado nunca durante una noche. Pero está bien, está muy bien que haya hecho un amigo y que tenga la oportunidad de ser más independiente.

Lorenzo se sentó frente a ella y tomó la botella de champán.

–A pesar de tener que hacer esto, ¿no te arrepientes de tu decisión de haberte quedado?

–No –aseguró Sarah, aceptando la copa de champán que le ofrecía él–. Y acompañarte al Festival no es muy duro.

–Todavía –dijo Lorenzo con gravedad–. Ésta es la parte fácil. Espera a estar delante de los ansiosos periodistas.

–¿Realmente va a ser tan horrible? –quiso saber ella, poniéndose seria.

–Me aseguraré de protegerte de lo peor –contestó él, agarrando con fuerza la copa de champán que tenía en la mano. Se preguntó si no estaría cometiendo un gran y egoísta error.

Observó como Sarah miraba por la ventanilla del

avión al comenzar éste a despegar. Pensando que era muy sensual, se bebió el champán de un solo trago. Cuando le había pedido que se quedara en el *palazzo*, había sido precisamente con aquella intención; había querido que ella se diera cuenta de lo atractiva que era, había querido que dejara de fruncir tanto el ceño y se relajara, que se sintiera especial. Pero, al mismo tiempo, se había prometido a sí mismo guardar las distancias. Aunque estaba costándole mucho cumplir su promesa...

Nada podría haber preparado a Sarah para el hotel en el que iban a alojarse.

–La mayoría de la gente que va al Festival se aloja en el Lido, pero yo prefiero huir de la atención de la prensa cuanto puedo –comentó Lorenzo al ayudarla a bajar del *vaporetto*–. Este hotel es mucho más discreto.

Mientras se registraban en recepción, ella miró a su alrededor, completamente cautivada por la grandeza y el lujo del lugar. Había algunos cuadros realmente impresionantes.

–¿Preparada? –preguntó él al terminar de hablar con el recepcionista.

–¿A qué hora es la proyección? –quiso saber Sarah, siguiéndolo por el hall.

–A las siete –contestó Lorenzo al entrar en uno de los ascensores.

–Oh, pero para eso falta mucho –sorprendida, ella comprobó la hora en su reloj–. Sólo son las doce. Eso significa que tengo bastante tiempo para visitar la ciudad.

Divertido, él la miró al abrirse las puertas del ascensor tras detenerse éste.

–Me temo que no –respondió mientras salía al pasillo y se dirigía a una de las habitaciones.

–Oh, ¿hay algo que tengamos que hacer primero? –preguntó Sarah, andando tras él.

Lorenzo se detuvo frente a un enorme conjunto de puertas dobles. Introdujo una de las tarjetas que le habían dado en recepción por la ranura que había a un lado.

–Nosotros no, sólo tú –contestó al abrir la suite–. Bienvenida al mundo de las celebridades.

Ella se quedó boquiabierta. Entraron en el hall de una impresionante sala con unos enormes ventanales desde los que se divisaba el Gran Canal. El suelo era de mármol. Pero lo que más llamó su atención fueron los tres soportes metálicos de ropa que había en el centro de la habitación. Había dos elegantes mujeres junto a los ventanales. Al verlos entrar, dejaron de charlar entre ellas y se acercaron a analizarla con la mirada.

–Sarah, éstas son Natalia y Cristina. Son estilistas. Estos vestidos han sido cedidos por algunos diseñadores. Ellas te ayudarán a elegir algo que te guste para ponerte esta noche.

Ansiosa, Sarah miró los elegantes vestidos que tenía delante y pensó en el vestido lila de su maleta, el mismo que había llevado a la boda de Angelica y que era lo único medianamente decente que había tenido para ponerse aquella noche. Se sintió muy avergonzada.

–Es... está bien –contestó, tartamudeando–. Es estupendo.

–La esteticista llegará en un par de horas, cuando hayas decidido qué ponerte. Las maquilladoras y peluqueras llegarán durante la tarde.

–¿Pero cómo voy a elegir qué ponerme?

–Por eso han venido Natalia y Cristina –explicó Lorenzo, dirigiéndose hacia la puerta.

–¿Dónde vas? –le preguntó Sarah, intentando controlar el pánico que había comenzado a sentir.

–A varias reuniones. Lo siento, pero es una oportunidad estupenda ya que todo el mundo de la industria está en la ciudad. Volveré a buscarte a las seis –contestó él antes de marcharse.

Tres horas después, mientras estaba tumbada en la cama con una almohada en la boca, Sarah se preguntó por qué las mujeres inteligentes se sometían a aquel tipo de tortura voluntariamente.

Gimió para contener un grito al tirar la esteticista de una banda de cera de su espinilla. Haber estado en ropa interior delante de Natalia y Cristina había sido terrible, aunque peor todavía había sido cuando le habían depilado las cejas... debido al gran dolor que había sentido.

–Las piernas ya están –susurró la joven esteticista–. Ahora le depilaré las ingles.

–¡No! –gritó Sarah, sentándose en la cama y arropándose con el albornoz.

–Está bien –contestó la muchacha, impactada ante aquella actitud–. ¿Le hago las uñas?

Al final, Sarah tuvo que admitir que había parte de verdad en aquello que la gente decía acerca de que para estar bella había que sufrir. Cuando estuvo preparada para ponerse la ropa interior que las estilistas habían elegido para ella, no había nada en su cuerpo que la avergonzara. Al verse en los numerosos espejos de la sala, ni siquiera reconocía su reflejo. Natalia y Cristina la ayudaron a ponerse el vestido que todas habían considerado el mejor; era de un raso color frambuesa precioso. Tenía un estilo imperio que le quedaba muy bien y resaltaba su escote. Las sandalias color guinda que habían elegido para combinar con el vestido eran muy bonitas.

Pero lo que más satisfecha la dejó de todo fue la sesión de peluquería. Las dos peluqueras le lavaron, masajearon y alisaron el pelo, que adquirió el aspecto de una bonita melena sedosa.

–*Bella. Se Bella* –comentó Natalia, satisfecha al comprobar el resultado final.

Contenta, Sarah pensó que nunca antes se había sentido tan sofisticada y guapa.

Entonces alguien llamó a la puerta de la suite. Natalia y Cristina se apresuraron a darle los últimos retoques al vestido antes de retirarse con el resto de las chicas a otra estancia.

A continuación la puerta se abrió y Lorenzo apareció delante de Sarah, que se quedó sin aliento.

Él estaba elegantemente vestido con un traje y camisa negros. Tenía un aspecto impresionantemente atractivo. La miró de arriba abajo y ella pudo ver un atisbo de decepción reflejado en su mirada.

–Estás muy guapa –comentó él ásperamente, forzándose en sonreír–. De verdad. Muy guapa.

–¿Nos vamos? –preguntó Sarah, tomando su bolso de fiesta. Algo había muerto en su interior.

Capítulo 14

LORENZO la siguió por el pasillo, incapaz de quitarle la mirada de encima. Había sido sincero; vestida y maquillada de aquella manera, Sarah estaba sensacional. Pero no la reconocía. Había pasado de ser una hermosa y fresca rosa de jardín a una perfecta pero fría rosa comprada en una lujosa floristería. Y prefería la primera.

Cuando llegaron al ascensor, ella entró primero y presionó el botón para bajar a la planta principal del hotel.

–Te han dejado muy bien las uñas –comentó él al ver la excelente manicura que le habían realizado–. Las tienes como siempre habías querido –añadió al recordar lo que ella le había confiado el día que habían comido en el local de Gennaro.

–Lo sé. Por lo menos ahora soy una mujer de verdad. Ojalá Lottie pudiera verme.

Lorenzo pensó que Sarah siempre había sido una mujer de verdad, sobre todo cuando tenía el pelo alborotado e iba vestida con su gastada camiseta y minifalda vaquera.

La góndola taxi que había solicitado estaba esperando en la entrada del hotel. Ayudó a entrar en la barca a su acompañante.

–Hueles muy bien –dijo al entrar tras ella y percibir el aroma que desprendía.

–¿De verdad? –respondió Sarah, sorprendida–. Intentaron echarme mucho perfume, pero les dije que no. Deben ser los productos para el pelo o algo así.

Pero Lorenzo sabía que no era nada de aquello, sino que era ella, era su piel.

Estaba oscureciendo y corría una agradable brisa que alborotó el suntuoso pelo de Sarah.

–Oh, casi me olvidaba. Tomé esto mientras volvía al hotel –dijo él, sacando una cajita de su bolsillo. A continuación, se la entregó a ella.

Boquiabierta, a Sarah le encantó la delicada gargantilla de diamantes que sacó de la cajita.

–¡Lorenzo... es increíble! Es la cosa más bonita que jamás he visto. ¿Estás seguro de que no hay ningún problema en que me la ponga?

–Si te gusta, póntela.

–Me encanta. Natalia me dijo que no habían tenido tiempo de organizar el préstamo de ninguna joya. ¿Lo has podido resolver tú en tan poco tiempo? Según parece, es un poco complicado.

–No te preocupes –contestó él–. Todo está controlado –añadió, no confesándole que la había comprado.

Mientras había regresado al hotel de su entrevista con el actor inglés al que le había ofrecido el papel protagonista de la película sobre el libro de

Francis Tate, había estado muy emocionado. Damian King parecía muy entusiasmado con el proyecto.

Animado por el éxito de la reunión, había entrado en una joyería y había comprado la bonita gargantilla de diamantes con una luna colgando en el centro.

–Por favor, ¿puedes ponérmela?

Al echarle el pelo a un lado y ver la sensual nuca de Sarah, Lorenzo se sintió invadido por un intenso deseo. Cada vez le estaba resultando más difícil ignorar las ansias que sentía por ella. Aunque al principio había estado interesado en Sarah debido a su afán por obtener los derechos de filmación sobre el libro de su padre, tenía que reconocer que en algún momento entre la cocina y el templo, las ostras y la tarta, ella le había llegado a interesar como mujer. Y mucho.

–Ya está –dijo cuando le abrochó la gargantilla, apartando las manos apresuradamente.

–Oh, Lorenzo, es exquisita. Eres tan inteligente... Nunca antes había tenido en las manos algo tan perfecto como esto. Dios, a Lottie le encantaría. Ya no me importa tanto que vayan a fotografiarme; por lo menos, así ella la verá. Gracias.

–De nada –respondió él, girando la cabeza y mirando el canal. Quería apartar la mirada de la bella piel de Sarah, de su glorioso escote–. Ya casi hemos llegado.

Delante de ellos, las luces de los flashes de las cámaras de los fotógrafos iluminaban el atardecer.

–En el muelle está esperándonos un coche.

–Oh –dijo ella, confundida–. ¿Está muy lejos el recinto? Pensaba que sólo íbamos ahí...

–Así es, pero las celebridades no van andando a ningún sitio.

Sarah pensó que todo aquello era como un sueño en el que nada tenía sentido y ocurrían cosas extravagantes. Tras bajarse de la barca, se montaron en el coche. Se dio cuenta de que Lorenzo estaba muy tenso y supuso que sería porque en pocos minutos se encontraría cara a cara con la mujer que amaba, que iría acompañada de otro hombre.

Sintió el impulso de cubrirle la mano con la suya y decirle que lo comprendía, pero el vehículo se detuvo delante de un edificio blanco profusamente iluminado. Durante un momento no ocurrió nada, pero entonces alguien abrió la puerta de Lorenzo desde el exterior. Antes de salir, él se giró hacia ella con una expresión de hastío reflejada en la cara.

–Lo siento –le dijo.

Cuando Sarah salió a su vez del coche con piernas temblorosas, el ruido que la rodeó le impresionó mucho. La gente allí congregada estaba gritando. Llamaban a Lorenzo, a Tia y a Ricardo. Los flashes de las cámaras la aturdieron, tanto que deseó taparse la cara con las manos. Pero Lorenzo la tomó del brazo y ella pudo refugiarse en su fortaleza.

–Mira –le murmuró él al oído–. Ahí arriba. En el cielo.

Sarah miró hacia arriba y vio que la luna brillaba con fuerza sobre ellos.

–La luna también está brillando sobre Lottie en este momento –continuó diciendo Lorenzo–. Va a decirle lo bella que estás. Y lo bien que te han dejado las uñas.

Ella se rió y se sintió muy emocionada. Con la cabeza en alto y los dedos entrelazados con los de él, permitió que la guiara hacia la entrada del recinto. Lorenzo estaba muy rígido, muy erguido. Aparentemente impasible ante la muchedumbre que los rodeaba.

Cuando por fin entraron en el recinto donde se celebraba el Festival, repentinamente estuvieron detrás de Tia y Ricardo, que estaban posando para una fotografía.

Nada habría podido preparar a Sarah para lo impresionante que era Tia en carne y hueso. Ni todo el maquillaje que llevaba puesto, ni la cara ropa que le habían prestado podía convertirla en alguien comparable a la mujer que tenía delante. La actriz italiana era sencillamente muy guapa... y estaba muy embarazada.

Sintió que Lorenzo le apretaba la mano con fuerza, incluso le hizo daño. Pero peor aún fue el momento que siguió ya que repentinamente él le soltó la mano.

–*Ciao*, Lorenzo –saludó Tia con una empalagosa y lasciva voz.

–Tia, Ricardo –contestó él con una gran formalidad.

Sarah se dio cuenta de que todas las cámaras que

había a su alrededor se centraron en ellos e intentó que la angustia que estaba sintiendo no se le reflejara en la cara.

–¿No vas a presentarnos? –preguntó Tia, sonriendo ante Lorenzo para hacerlo a continuación ante ella.

–Sarah, ésta es Tia, mi ex mujer. Y él es Ricardo Marcello.

–¿Sarah? –repitió Tia–. ¿No hemos hablado tú y yo por teléfono? ¿No eres el ama de llaves de Lorenzo? ¡Qué encantador! Eres muy guapa... ¿lo estás pasando bien? Todo esto es muy emocionante, ¿verdad?

–Yo lo describiría como irreal –contestó Sarah en voz baja.

Tia se rió y echó la cabeza para atrás. Los flashes de las cámaras la iluminaron como a una obra de arte.

–Me temo que para nosotros es demasiado real, aunque a Lorenzo nunca le gustó, ¿no es cierto, *mio caro*? Ah, creo que requieren nuestra presencia ahí delante para tomar unas fotografías. Estoy segura de que no les importará si tú también vienes, Sarah.

Mientras posaban para las cámaras, Sarah pensó que su sonrisa era demasiado forzada. Aunque Lorenzo estaba abrazándola por la espalda, sintió como si éste estuviera a miles de kilómetros de distancia.

–¿Vas a asistir mañana a la rueda de prensa? –preguntó Tia cuando por fin entraron en la sala de proyecciones.

–No –respondió Lorenzo lacónicamente.

–Mira, Lorenzo, antes o después vas a tener que

enfrentarte a la prensa. Sé que te harán preguntas difíciles, pero si nosotros...

–No tiene nada que ver contigo, Tia –respondió él con frialdad–. Sarah tiene una hija pequeña y tenemos que regresar con ella.

Durante un segundo, Tia se puso muy rígida.

–*Ipocrita* –espetó. Los rasgos de su hermosa cara casi se tornaron feos.

Las luces ya se habían apagado, pero el público continuaba aplaudiendo. Lorenzo apretó los dientes al comenzar la gente a acercarse a él por detrás para darle unas palmaditas en la espalda a modo de felicitación. Tia se giró con los ojos llorosos y saludó a todos los allí congregados.

Junto a él estaba sentada Sarah. Durante las dos horas de proyección de la película, había estado muy alterado al tenerla al lado; había parecido un jovencito enamorado.

Cuando los aplausos comenzaron a apagarse, desesperado por marcharse, la agarró de la mano.

–Venga, vámonos de aquí.

Antes de que ella pudiera contestar, Tia interrumpió.

–¿Vais a venir a la fiesta en el Excelsior, ¿verdad?

–No –respondió él con gravedad, guiando a Sarah hacia la salida–. Bien –dijo al llegar al vestíbulo, donde esperaba la prensa–. Levanta la cabeza, sonríe y anda rápido. El coche está esperándonos al final de las escaleras. Todos supondrán que tenemos un lugar muy importante al que ir.

–¿Lo tenemos?

–Sí –aseguró Lorenzo, mirándola brevemente–. Tenemos que alejarnos de aquí.

En cuanto salieron, la noche se iluminó con los flashes de las cámaras de los fotógrafos. Sintió como ella se estremecía de frío, ya que la temperatura había bajado considerablemente. Cuando llegaron al final de la escalinata, maldijo en voz baja.

–El coche no ha llegado todavía.

–¿Qué hacemos ahora? –quiso saber Sarah, aturdida por los gritos de la muchedumbre.

–Esperaremos; llegará en un segundo.

–¡Sarah! ¡Aquí, Sarah! –gritó uno de los periodistas.

Enfurecido, a él le llamó mucho la atención que los tiburones de la prensa hubieran tardado sólo dos horas en averiguar el nombre de su acompañante.

Al ver que ella estaba a punto de girarse para responder instintivamente a su nombre, la detuvo. La agarró con firmeza y la besó.

La muchedumbre bramó y los flashes de las cámaras parecieron explotar sobre ellos. Guiado por un instinto de protección, Lorenzo le cubrió la cara con las manos para evitar que las cámaras registraran una buena imagen de su rostro. Sarah estaba besándolo de manera vacilante y delicada, pero al mismo tiempo con una discreta ferocidad que lo dejó sin aliento.

Tras un largo momento, y haciendo un enorme esfuerzo, se separó de ella. Lo hizo justo en el instante en el que el coche llegaba para buscarlos.

Capítulo 15

L O SIENTO –se disculpó Lorenzo al entrar en el vehículo y cerrar la puerta tras ellos–. No debería haber hecho eso.

–No pasa nada –contestó Sarah, angustiada. Se llevó los dedos a los labios.

–No quería que te pusieran en un aprieto. Jamás pensé que averiguarían tan rápido quién eres y lo último que quiero es que te hagan la vida imposible. Nunca debería haberte expuesto a nada parecido –comentó él, sinceramente arrepentido.

Cuando el coche se detuvo al finalizar su corto trayecto, ninguno de los dos se movió.

–Ya te lo he dicho varias veces –dijo ella en voz baja–. No necesito que me protejan.

Justo cuando Lorenzo iba a responder, la puerta del vehículo se abrió y ambos se bajaron de éste para dirigirse a la góndola taxi que los llevaría por el canal.

–Ha refrescado mucho –observó él, poniéndole su chaqueta por encima de los hombros a Sarah mientras el taxi los llevaba a su destino.

–No, de verdad, estoy bien. No...

–Sarah, *per piacere*, ¿vas a permitirme hacer algo por ti alguna vez?

–Lo siento –se disculpó ella, arropándose con la chaqueta.

No pudo evitar pensar en el beso que Lorenzo le había dado. Había sido maravilloso sentirlo tan cerca, sentir sus manos acariciándole la cara. Aunque seguramente había estado pensando en Tia. Ello explicaría la fiera y contenida pasión que había sentido en su boca.

Cuando llegaron al hotel, el área de recepción estaba muy tranquila. Mientras esperaban al ascensor, se quitó la chaqueta de los hombros y se la devolvió a él.

–Gracias por dejármela –ofreció–. Me siento como Cenicienta... ahora tengo que devolver todo lo que me han prestado y regresar a mi trabajo de ama de llaves.

Lorenzo no sonrió y ambos entraron en el ascensor al abrirse las puertas de éste.

–La película ha sido espectacular –se apresuró en decir Sarah para romper la tensión que se había apoderado del momento–. Lo siento; debería habértelo dicho antes.

–Yo he odiado cada segundo de la proyección.

–Es comprensible –susurró ella–. Verla debe ser muy difícil para ti.

–Absolutamente terrible –aseguró él entre dientes.

Al llegar a su planta y abrirse las puertas del ascensor, Sarah se apresuró a salir al pasillo y dirigirse a la suite. Pero no tenía con qué abrir, por lo que tuvo que esperar junto a las puertas. Cuando

Lorenzo se acercó, le tomó la barbilla y le levantó la cara para que lo mirara.

–Pero no por Tia... –comentó– por si acaso es lo que piensas. Ella no me importa en absoluto. No odio la película por eso.

–¿Entonces por qué? –quiso saber Sarah, impresionada.

–Porque es predecible, es basura de Hollywood, por eso la odio. No quiero volver a tener un éxito de taquilla tan grande basado en una película como ésa.

–Pero yo pensé... pensé que seguías enamorado de Tia.

–No. *Dio santo*, no. Estaba deseando divorciarme de ella.

En ese momento las puertas del ascensor se abrieron y un grupo de personas salió de éste. Lorenzo le soltó entonces la barbilla y se apresuró a introducir la tarjeta para abrir la suite. Sarah entró a toda prisa y, temblorosa, se dirigió a él sobre su hombro.

–¿Te gustaría pasar a tomar un café?

–No –contestó Lorenzo, entrando en la suite y cerrando las puertas tras de sí. Se dirigió al minibar–. Necesito algo más fuerte.

Aliviada, ella se sentó junto a uno de los ventanales y se quitó las sandalias. Cuando levantó la mirada, vio que él estaba delante de ella con dos copas de brandy en las manos.

Aceptó una de las copas sin poder dejar de pensar en lo que le había dicho; que no amaba a Tia.

–¿Qué fue lo que te dijo Tia justo antes de que empezara la película? –no pudo evitar preguntar.

–Me llamó hipócrita.

–¿Por qué?

–No importa –respondió Lorenzo con frialdad.

–Tenía que ver conmigo, ¿verdad? –insistió Sarah–. Con Lottie y conmigo.

Él se acercó a mirar por el ventanal. El perfil de su cara reflejaba mucha arrogancia.

–Obviamente asumió que éramos pareja, que estamos juntos.

–¿Y por qué te convertiría eso en un hipócrita? Estás divorciado.

–Porque tienes una hija –explicó Lorenzo, dando un sorbo a su brandy–. Yo la dejé porque no estaba preparado para ser el padre del hijo de Ricardo Marcello.

–Pensaba que ella te había dejado a ti por Ricardo... y que el bebé era tuyo.

–Tia es muy lista. No ha dicho que el bebé sea mío, pero ha dejado abiertas todas las posibilidades. Fui yo quien pidió el divorcio y ahora ella quiere volver conmigo. Creo que está dándose cuenta de lo mucho que le gustaba estar casada con un director... ya que le otorgaba cierto estatus en la industria. Además, no hay espacio para dos egos tan grandes como el de Ricardo y el suyo en una relación.

–¿Volverías con ella? –se forzó en preguntar Sarah–. ¿Si el bebé fuera tuyo?

–No es mío.

Algo en la manera en la que Lorenzo dijo aquello provocó que ella dejara su copa sobre la mesa y se levantara. De pie tras él, pudo ver la seria expresión de su cara reflejada en el ventanal.

–¿Cómo puedes saberlo?

Lorenzo se bebió todo el brandy que le quedaba en la copa antes de contestar.

–Porque no puedo tener hijos. Soy estéril. Completamente. Sería un milagro si fuera mío.

Ante la imposibilidad de decir algo que ayudara a reparar el dolor de él, Sarah simplemente le puso las manos en los hombros y apoyó la cara en su espalda. Durante un momento, Lorenzo no se movió, pero entonces ella sintió como le acariciaba una mano. Estuvieron en aquella postura durante varios minutos hasta que muy delicadamente, casi a regañadientes, él la giró para tenerla delante y poder mirarla a los ojos.

Conmovida, Sarah le tomó la cara con las manos y lo besó en los labios.

–Sarah, he intentado resistirme a esto durante mucho tiempo, pero creo que ya no puedo seguir controlándome... –dijo Lorenzo tras disfrutar de aquel dulce beso.

–Gracias a Dios –respondió ella, tomándole el lóbulo de la oreja con los labios–. Creo que moriría si lo hicieras.

Invadido por el deseo, él giró la cabeza para capturarle la boca con la suya. Sarah pudo sentir como unas intensas llamaradas se apoderaban de su cuerpo. Se dejó llevar por aquel fuego y se apoyó en Lorenzo, que estaba besándola con un increíble fervor. Aturdida, comenzó a desabotonarle la camisa...

Pero él no quiso esperar y le subió el vestido hasta la pantorrilla para poder tomarla en brazos y llevarla al dormitorio de la suite. Ella lo abrazó con las piernas por la cintura. Al llegar a la habitación, Lorenzo la dejó sobre la cama, pero Sarah no lo soltó, por lo que tuvo que echarse sobre ella, que comenzó a desabrocharle el pantalón mientras lo besaba de nuevo con desesperación. Finalmente él tuvo que ayudarla a bajar la cremallera del pantalón y su erección la presionó en la entrepierna...

Con el deseo reflejado en la mirada, Sarah observó como Lorenzo le bajaba las braguitas de seda que llevaba puestas y sintió como la penetraba con un dedo. Al verse invadida por una exquisita sensación, se arqueó sobre su mano.

Él fue incapaz de seguir conteniéndose y sustituyó el dedo por su sexo en un rápido y certero movimiento. Tuvo que hacer un enorme esfuerzo para no estallar dentro de ella al sentir como su pegajoso calor lo envolvía... Pero, al mirarla a la cara y ver la pasión que reflejaban sus ojos, no pudo continuar controlándose. Al apretarlo convulsivamente los músculos internos de Sarah, la acompañó a la cima del placer...

–Oh, Dios, Lorenzo –dijo Sarah con una gran ansiedad reflejada en la voz.

–¿Qué? –respondió él, apartándole un mechón de pelo de la mejilla–. ¿Qué ocurre?

–El vestido –explicó ella, susurrando. Vacilante, se levantó de la cama–. ¿Cómo puedo haberme olvidado del vestido? Seguro que cuesta una fortu...

–Shh... –contestó Lorenzo, levantándose a su vez. Se acercó a Sarah para abrazarla.

–Pero mañana por la mañana tenemos que devolverlo al diseñador. ¡Oh, soy tan estúpida!

–No hay que devolver el vestido a ninguna parte, así como tampoco la gargantilla. Aunque sería mucho mejor si te los quitas ahora...

–¡Lorenzo, no! –exclamó ella, horrorizada–. No podría quedármelos. Ni te lo plantees.

–Bueno, no creo que el diseñador quiera que se lo devuelvas en tal estado –comentó él, bajándole la cremallera de la espalda y, a continuación, el vestido cayó al suelo. Entonces la giró para que lo mirara–. La gargantilla la compré en una joyería, por lo que no tiene sentido discutir.

Sarah no llevaba sujetador y Lorenzo echó la cabeza para atrás para disfrutar de su hermoso cuerpo.

–*Seraphina*...

Pero ella se tapó sus preciosos y voluminosos pechos con las manos.

–No, por favor... –le pidió él, tomándole la cara con las manos–. Sarah, eres exquisita.

–No lo soy.

–Lo eres –insistió Lorenzo, tomándola en brazos para llevarla al cuarto de baño, donde abrió el grifo del agua caliente de la ducha–. Aunque tengo que admitir que te prefiero sin maquillar y con tu glorioso pelo en su estado natural.

Entonces la metió en la ducha y entró en ésta tras ella. Evitó que continuara protestando al darle un apasionado beso. Cuando finalmente cerró el grifo, Sarah tenía la cara limpia de todo rastro de maquillaje y el cabello empapado. De inmediato, tomó una toalla para arroparla.

–Ya no soy Seraphina –comentó ella, esbozando una triste sonrisa–. Vuelvo a ser Sarah.

–Siempre eres Seraphina –aseguró él, secándole la cara con la toalla–. Eres hermosa.

A continuación, la llevó de nuevo al dormitorio. Tenía toda la noche por delante para demostrarle lo bella que era, para adorar su exquisito cuerpo.

Capítulo 16

AL DESPERTARSE, Sarah sintió la mano de Lorenzo sobre su muslo. Las piernas de ambos estaban entrelazadas y pensó que todavía estaba durmiendo, que seguía soñando. Pero entonces abrió los ojos y vio claramente el dormitorio de la suite iluminado por la grisácea luz de la madrugada, así como los restos de la cena que habían pedido en algún momento de la noche.

–*Buongiorno, bella* –dijo él, dándole un beso en los labios.

Ella se apoyó en un codo para poder mirarlo bien. Lorenzo parecía realmente relajado. Contenta, le acarició el pecho y se sentó sobre él a continuación.

–Creo que te debo un Orgasmo Ruidoso –murmuró antes de dirigir la boca a su sexo...

Sentada en el balcón con vistas al canal, Sarah estaba arropada con la colcha de raso de la cama. Todavía no se había quitado la gargantilla de diamantes. Estaba disfrutando de una taza de té.

–Pareces una desvergonzada duquesa del siglo XVIII tras una noche de pasión con Casanova –comentó Lorenzo, sentado a su lado.

–Me siento como una de ellas. Pero Casanova se habría sentido muy decepcionado al descubrir que tiene un serio competidor para el título de mejor amante del mundo. Quizá te hubiera retado en duelo.

–Tal y como me siento ahora mismo, habría aceptado –contestó él.

Tia siempre le había hecho sentir que su infertilidad era una flaqueza, la había utilizado como excusa para coquetear con otros hombres, para besarlos y acostarse con ellos.

La noche anterior se había sentido tan emocionado que casi le había hablado a Sarah de la película que quería rodar sobre el libro de su padre, pero finalmente no quiso romper la magia del momento. Aunque sabía que tendría que hacerlo pronto ya que aquella misma semana tenía una reunión con varios productores cinematográficos en Londres. Quería rodar la película por él, pero también por ella, para que cambiara la visión que tenía de su padre y así quizá también cambiara la percepción que tenía de sí misma.

–Vamos, duquesa –dijo, levantándose y tendiéndole una mano.

Sarah se dejó ayudar pero, al levantarse, la colcha que estaba arropándola cayó al suelo. Se quedó completamente desnuda delante de él.

–¿Dónde vamos?

–La respuesta más atractiva a esa pregunta sería

que a la cama –respondió Lorenzo–. Pero no hay tiempo. Tú quieres regresar junto a Lottie y yo quiero enseñarte parte de Venecia antes de marcharnos.

–Estoy segura de que Lottie está pasándoselo estupendamente. No tenemos que apresurar nuestro regreso... –aseguró Sarah, acariciándole el pecho.

Con mucha delicadeza, él le apartó las manos. Entonces la abrazó estrechamente.

–Cuando regresemos al *palazzo* todavía podremos seguir disfrutando de esto –aclaró, dándole un beso en la cabeza–. El miércoles tengo que ir a Londres, pero cuando vuelva tendremos todo el tiempo del mundo.

Ella se apartó y se odió a sí misma por el repentino sentimiento de desolación que la invadió al pensar en tener que dejar aquel encantador escenario y volver a la realidad.

–¿Vas a ir a Londres?

–Sí –contestó Lorenzo, agachándose para tomar la colcha y volver a cubrirla con ella–. Durante un par de días. Regresaré para el cumpleaños de Lottie el domingo.

–Oh, Dios, ¿te lo ha comentado?

–Sólo cincuenta veces. Le he prometido una fiesta especial.

–¡Lorenzo, no! No tienes que...

–Quiero hacerlo –interrumpió él con calma–. De todas maneras, ya es demasiado tarde. Todo está organizado. Desearía no tener que ir a Londres, pero tengo que hacerlo. Tengo una reunión sobre el proyecto cinematográfico que estoy intentando realizar. Es muy importante.

Al llegar a Castellaccio, Sarah sintió que su felicidad se apagaba ligeramente. Estaba desesperada por ver a Lottie, pero cuanto más se acercaban al *palazzo*, más distanciada se sentía de todo lo ocurrido en Venecia.

Lorenzo estaba a su lado. Conducía con gran destreza el vehículo en el que se habían montado en el aeropuerto. Incluso llevaba una mano apoyada en su rodilla. Pero parecía distante. Aunque le había dicho que las cosas no cambiarían cuando llegaran a la Toscana, ella sentía que no podrían continuar con lo que habían dejado en Venecia. Había vuelto a ser madre y ama de llaves. Ya no era una sofisticada mujer con ropa de diseño.

Pero todas sus preocupaciones pasaron a un segundo plano en cuanto llegaron al *palazzo* y vio que los niños, junto con Lupo, estaban esperándolos. En cuanto Lorenzo detuvo el coche, se bajó de éste y abrazó a Lottie.

–¿Lo has pasado bien? –le preguntó a la pequeña.

De inmediato, Paola salió de la vivienda. Estaba secándose las manos en un paño.

–Oh, sí –contestó Lottie–. Comimos perritos calientes y *gelato*. Alfredo tocó la guitarra y me enseñó una canción italiana y nos quedamos despiertos hasta muy tarde y había luna llena. Era enorme y por eso no oscureció por completo y el jardín parecía plateado y Lupo durmió en nuestra tienda...

En ese momento, la pequeña hizo una pausa para tomar aire.

–Lo he pasado mejor que nunca –continuó–. ¿Y tú?

–También lo he pasado muy bien –respondió Sarah, mirando a Lorenzo fugazmente.

Paola y Alfredo se quedaron a cenar. Sarah preparó un guiso muy sencillo de *tagliatelle* con pesto y todos se sentaron en el jardín hasta que oscureció. Los niños estaban muy cansados.

Cuando el matrimonio finalmente se marchó, Lorenzo tomó en brazos a la pequeña Lottie para subirla a su dormitorio. Sarah subió tras ellos un momento después y se quedó en la puerta de la habitación mientras observaba como él acostaba a la niña con mucha delicadeza. Entonces entró para darle las buenas noches a su hija. Al salir del dormitorio, una vez a solas con Lorenzo, permitió que éste la guiara a su habitación, donde se desnudaron mutuamente...

Exhausta, cuando terminaron de hacer el amor, se echó en los brazos de su amante. Mientras escuchaba los latidos de su corazón, fue consciente de que se había enamorado de él. No había pretendido que ocurriera, pero tampoco había podido evitarlo. Se llevó una mano a la boca para evitar despertarlo con su llanto... con su llanto de felicidad.

Durante los siguientes días, a Sarah le pareció estar viviendo un sueño. Hacía el amor con Lorenzo

temprano por la mañana, de madrugada y al ano-
checer, cuando Lottie se quedaba dormida.

El miércoles se despertó pronto y se giró en la
cama para poder mirarlo a la cara mientras él dormía. Se preguntó con qué estaría soñando. A los pocos instantes, Lorenzo abrió los ojos.

–Estaba soñando contigo –comentó, abrazándola
contra su pecho.

Hubo algo muy intenso en la manera en la que
hicieron el amor aquella mañana, algo que la con-
movió profundamente.

Él no permitió que lo acompañara al aeropuerto,
por lo que se despidieron en el jardín del *palazzo*.
Tras colocar las maletas en el coche, Lorenzo le dio
un abrazo a Lottie.

–*Arrivederci, tesoro. A presto.*

–*A presto, Lorenzo* –contestó la niña–. ¿Por qué
tienes que marcharte?

–Porque tengo que trabajar. Y porque tengo que
concretar ciertos detalles sobre la fiesta de cumpleaños de una personita.

Lottie se echó en sus brazos y él le acarició el cabello con ternura.

–Cuida de Lupo por mí. Y de tu *mama*.

Sarah tuvo que contenerse para no romper a llorar al ver a su pequeña entre los fuertes brazos de
Lorenzo. Tras unos segundos, él se apartó de la niña
y le tomó la mano a ella. Desde que habían vuelto
de Venecia, había imperado entre ellos una especie
de acuerdo tácito para mantener en secreto su relación y que Lottie no sospechara nada. Pero en aquel

momento, le apretó con fuerza la mano y la miró fijamente a los ojos.

–*Mi mancheri.*

–¿Por qué no puedo hablar italiano tan bien como Lottie? –respondió Sarah, riéndose.

–Te echaré de menos. Pero volveré pronto –comentó él, emocionado. A continuación se acercó a su boca y no pudo evitar besarla con pasión antes de subir al coche y alejarse a toda velocidad.

El *palazzo* parecía realmente vacío sin Lorenzo... aunque éste sólo llevaba fuera unas horas. Sarah sentía como si el tiempo se hubiera detenido. Mientras estaba haciendo la colada oyó que el teléfono sonaba y se apresuró en contestar en el despacho de Lorenzo.

–¿Dígame?

–Oh, hola –dijo una voz al otro lado de la línea telefónica. Era una mujer inglesa. Parecía sorprendida–. Estaba preparada para tener que intentar expresarme en italiano, pero usted es inglesa, ¿no es así?

–Sí –contestó Sarah.

–Estupendo. Eso facilita las cosas. ¿Es la asistente personal del señor Cavalleri?

–Trabajo para el señor Cavalleri, pero me temo que ahora mismo no está en casa.

–No, ya lo sé –dijo la chica–. Soy Lisa, la asistente de Jim Sheldon. Jim tiene una reunión esta misma tarde con el señor Cavalleri, por lo que ha salido para comprobar algunas localizaciones. Pero acaba de telefonear para decir que se ha perdido. El señor Cavalleri no contesta a su teléfono, por lo que supongo que todavía estará en el avión. Jim está en Oxfordshire sintiéndose muy angustiado. Simplemente me preguntaba si usted podría indicarme la dirección adecuada que debe seguir.

–Oh –susurró Sarah–. Oxfordshire. Está bien. Haré lo que pueda. ¿Dónde se dirige exactamente?

–Bueno... le indiqué cómo ir al pueblo, pero aparentemente ahora está buscando un pub. El señor Cavalleri dijo que era importante en el libro...

Sarah se sentó repentinamente en la silla del escritorio de Lorenzo. Sintió que le faltaba el aire.

–¿Qué libro?

–Oh, lo siento –se disculpó Lisa, que parecía sorprendida–. Jim no ha hablado de otra cosa durante semanas, por lo que asumí que el señor Cavalleri habría hecho lo mismo. *El roble y*...

–... *el ciprés* –terminó Sarah por ella con la voz quebrada.

–Ése es. Jim está muy emocionado, sobre todo desde que Damian King va a participar en el proyecto. Ahora simplemente tenemos que desear que el señor Cavalleri consiga todos los permisos legales. Bueno, a lo que íbamos, ¿sabe cómo se llama el pub?

–The Rose and Crown –contestó Sarah, forzándose en no mostrar su desesperación–. Está junto a la calle principal, cerca de Lower Prior, en la avenida que va a Stokehampton.

–Oh, estupendo. Muchísimas gracias. Voy a telefonearlo ahora mismo...

Sarah no continuó escuchando. El teléfono se le cayó al hombro. Aturdida, comprendió todo.

Comprendió por qué Lorenzo se había interesado tanto en ella, por qué le había pedido que se quedara en el *palazzo*, por qué la había llevado a Venecia y le había comprado la gargantilla... y por qué la había seducido. Seguramente había sido él quien le había solicitado los derechos sobre el libro. Y obviamente había decidido hacer lo que fuera para lograr obtenerlos.

Angustiada, colgó el teléfono. Entonces abrió el cajón del escritorio y sacó numerosos documentos. Entre éstos se encontraban diversas fotografías de los campos por los que ella había corrido de pequeña, del pub donde Lorenzo la había besado aquella tarde, del río al que su padre la había llevado a pescar truchas y en el que se había quitado la vida.

No tuvo que seguir buscando. Todo estaba claro. Tenía la evidencia ante sus ojos. Aturdida, guardó de nuevo los documentos y fotografías en el cajón. Comenzó a llorar. Cuando por fin se tranquilizó, tomó el teléfono para reservar dos billetes de avión para Inglaterra, tras lo que tomó un folio en blanco y comenzó a escribir. *Querido Lorenzo...*

Capítulo 17

FELIZ CUMPLEAÑOS, cariño! ¡Has cambiado mucho ahora que ya tienes seis años!

Lottie apartó la cara y el beso que su abuela iba a darle en la mejilla finalmente se posó en su oreja. Sarah miró a su madre y se encogió de hombros a modo de disculpa.

—Corre a buscar al abuelo en la otra habitación para ver qué te ha comprado —le dijo entonces Martha a su nieta, abrazándola estrechamente.

Lottie no dijo nada, pero se dirigió con desgana a ver a Guy.

—Disculpa el comportamiento de Lottie. No es nada personal contra ti. Me odia a mí —aclaró Sarah cuando estuvieron a solas.

—Oh, cariño... no te odia, pero es comprensible que esté disgustada. Estaba tan contenta en Castellaccio, quería tanto a Dino, a Lupo y a Lorenzo...

—Sí, bueno... ése es el problema con el amor, ¿no es así? Te hace feliz durante cinco segundos y después todo marcha horriblemente mal. Tal vez sea bueno que Lottie aprenda esa lección siendo pequeña. El amor duele. Es una enseñanza muy útil.

–Sarah, ¿qué ocurrió? –preguntó Martha, acercándose a su hija en la cocina del piso de ésta–. Pensaba que tú también estabas contenta allí.

–Y lo estaba. Estaba más contenta de lo que jamás pensé que pudiera estar.

–Entonces, ¿qué marchó mal?

–Todo fue un engaño. Pensé que a Lorenzo le gustaba yo, por mí misma.

–¿Y qué te hace pensar ahora que no era así?

–Todo marchó estupendamente hasta el momento en el que descubrí que estaba utilizándome para que le otorgara los derechos de filmación sobre el libro de papá. Fingió muy bien que se preocupaba por mí. Supo quiénes éramos desde que tú te presentaste la primera noche.

–Oh, Sarah...

–Ya ves, no podía quedarme. Sé que fue muy cobarde marcharme sin hablar con él, pero habría sido demasiado humillante y doloroso enfrentarlo y decirle que lo sabía todo.

–¿Sabe ya que te has marchado? ¿Has tenido noticias suyas? –quiso saber Martha.

–No. Lorenzo no se ha puesto en contacto conmigo. Ayer me telefoneó un tal Jim de una compañía cinematográfica. Es amigo de Lorenzo. Fue muy amable y me dijo que su querido amigo italiano había organizado una fiesta de cumpleaños para Lottie y que deseaba que pudiéramos seguir asistiendo a pesar de lo que había ocurrido –explicó Sarah con sarcasmo.

–Lorenzo se puso en contacto con nosotros la se-

mana pasada para hablar de la fiesta de cumpleaños
–confesó Martha.

En ese momento la puerta de la cocina se abrió
y apareció Guy con Lottie a su espalda.

–¿Ha visto alguien a la niña del cumpleaños?
–preguntó él, fingiendo no saber dónde estaba–. Si
no me equivoco, deberíamos marcharnos en unos
minutos para ver su sorpresa de cumpleaños se-
creta. Si no la encontramos, va a perdérsela.

–¡Estoy aquí! –exclamó la pequeña, recuperando
parte de su alegría. Pero cuando su madre la miró a
la cara, apartó la vista.

Lorenzo se llevó una mano al bolsillo de su chaqueta, donde guardaba la carta que le había escrito
Sarah.

*Los derechos de filmación sobre el libro son tu-
yos. Parece que eres capaz de transformar material
no muy prometedor en algo especial, por lo que sé
que tratarás la historia con respeto y ternura. Estoy
segura de ello ya que es la manera en la que me has
tratado a mí, aunque nunca fuiste sincero acerca
de los motivos por los que lo hiciste.*

Hizo un gesto de dolor e intentó controlar la desesperación que estaba destrozándolo por dentro.
No quería tener aquellos derechos simplemente en
un trozo de papel. Quería tenerlos moralmente,

emocionalmente... No podía rodar la película a no ser que ella estuviera con él.

La quería a su lado.

Mientras se dirigían desde el aparcamiento de los estudios de cine a un edificio que parecía un almacén, Sarah observó como Martha y Guy llevaban de la mano a Lottie y la hacían reír al balancearla.

Una alegre muchacha los recibió a la entrada del edificio.

–Hola, soy Lisa. Voy a enseñaros los estudios.

Al hablar la chica, Sarah reconoció la voz. Era la asistente personal de Jim Sheldon. Horrorizada, se giró y se vio reflejada en el cristal de una ventana. Tenía un aspecto terrible.

Cuando se dio la vuelta, descubrió que todo el grupo había desaparecido por una pequeña puerta. Cansinamente los siguió y entró en una sala oscura y grande. Repentinamente las luces se encendieron.

–¡Sorpresa! –gritó alguien con voz de niño.

La cara de Lottie reflejó una inmensa alegría al reconocer la pequeña figura que había aparecido de entre las sombras.

–¡Dino!

Inmensamente alegres, los pequeños se abrazaron y comenzaron a bailar juntos. Con la mirada empañada debido a las lágrimas, Sarah observó la escena. Cuando por fin Lottie y Dino se soltaron el uno al otro, Paola y Alfredo se acercaron a besar a la pequeña en las mejillas. También estaban Hugh,

Angelica y Fenella. Todos se acercaron a Lottie para darle regalos. La niña parecía realmente contenta y no dejaba de mirar a Dino como si no pudiera realmente creer que éste estuviera allí.

Sarah se apoyó en la pared, aturdida debido al esfuerzo que estaba haciendo para mantenerse entera.

–Bueno, ahora que ya estamos todos, vamos a realizar un viaje. Un viaje especial de cumpleaños –dijo Lisa, captando la atención del grupo–. ¿Podéis adivinar dónde...?

Las luces se apagaron y comenzaron a aparecer estrellas por todas partes, en las paredes, en el techo.

–¡La luna! –exclamó Lottie al aparecer la luminiscente órbita en la pantalla que tenían delante.

Sarah observó como ambos niños se miraban entre sí y se tomaban de las manos para pedir un deseo ante la luna nueva reflejada en la pantalla. Entonces la luna comenzó a crecer. Parecía como si fuera de verdad, como si estuvieran en medio del universo. Reconoció algunas escenas de la película de Galileo, lo que le hizo recordar dolorosamente a Lorenzo.

Cuando finalmente terminó la escena del universo, vio que en la pantalla aparecía la pequeña Lottie vestida de dama de honor bajando las escaleras en el *palazzo* el día de la boda de su tía. Y entonces, la que apareció en la pantalla fue ella. Una imagen en blanco y negro de ella arropada en una toalla con el pelo húmedo

Angustiada, se llevó las manos a la cara. Se sintió paralizada, horrorizada al ser consciente de que

todos estaban mirándola. Deseó que la escena ter-
minara, pero no lo hizo. La cámara incluso había
captado las lágrimas que brillaron en sus ojos al lan-
zarle un beso a su hija. Y muchos más momentos.
La había grabado andando por el jardín con su vestido lila, descalza y con el pelo suelto. Bajando las
escaleras del *palazzo* mientras decía algo y sonreía.
Saliendo del coche con las manos llenas de bolsas
de la compra y con las llaves en la boca. También
había fotografías. De ella hablando con Lottie, de
ella riéndose con una copa de vino en la mano y
otra en la que estaba haciendo pompas con el juego
de burbujas de su hija.

De ella en Venecia. Una fotografía que había tomado la prensa en la que aparecía saliendo del coche con Lorenzo al llegar al Festival. Y numerosas
fotografías más de la misma noche.

Aquello era como una carta de amor en imágenes.

A su alrededor, todos estaban muy quietos mientras miraban con asombro la pantalla.

–¿Puedes verlo? ¿Lo comprendes?

Al oír la voz de Lorenzo junto a ella, gritó. Entonces sintió que la tomaba de las manos.

–Eres bella, Sarah, eres muy bella... ¿puedes
verlo? –le preguntó él en voz baja.

–Oh, Dios, Lorenzo...

–Shh... permite que me disculpe. Deja que te ex-
plique, por favor. Sobre la película.

El resto del grupo seguía mirando la pantalla,
ajeno a lo que estaba ocurriendo.

Ella no pudo contenerse y comenzó a llorar.

–No tienes que hacerlo –susurró.

–Sí que tengo que hacerlo –insistió él sin soltarle las manos–. Desde antes de conocerte ya quería rodar la película, desde hace años. Era un sueño...

–¿Por qué no me lo dijiste? –preguntó Sarah, apoyando la cabeza en su pecho para disimular un sollozo.

–Al principio no lo hice ya que quería encontrar la mejor manera de pedírtelo. Pero según fue pasando el tiempo comencé a sentir mucho miedo de no acertar, de fallarte. Quería mostrarte lo genial que era tu padre con la esperanza de que te ayudara a ver lo genial que eres tú...

Con delicadeza, tras decir aquello, Lorenzo tomó la cara de ella entre sus manos y la levantó para que lo mirara. No le importó tener los ojos llenos de lágrimas.

–Eres una persona estupenda –aseguró–. Logras que las cosas tengan sentido y me inspiras. No me importa si jamás vuelvo a hacer otra película... siempre y cuando tú estés junto a mí y pueda decirte cada día lo bella que eres y lo mucho que te amo –añadió, besándola a continuación.

Cuando las luces de la sala se encendieron, Martha y Paola se secaron las lágrimas que caían por sus mejillas y se sonrieron la una a la otra. Lottie, emocionada, buscó a su madre con la mirada.

–¡Lorenzo! ¡Oh, Lorenzo! –exclamó al verlo junto a su progenitora.

Él se apartó de Sarah justo a tiempo para poder

tomar en brazos a la pequeña, que emocionada se acercó a saludarlo.

–¡Cuando vi la luna nueva fue esto lo que deseé! –gritó la niña–. Deseé que vinieras tú. Y Lupo. ¿Lo has traído?

–No. Pensé que lo había planeado todo bien, pero tú has pensado en algo que se me ha olvidado –contestó Lorenzo, dándole un beso en la mejilla. No pudo evitar hundir la cabeza en su pelo–. ¿Hay alguna otra cosa que desees que pueda ofrecerte en compensación?

–¿Un nuevo papi? Y vivir junto a Dino para siempre...

Lorenzo se rió y abrazó a Sarah para tenerlas a las dos junto a él. Entonces miró a los ojos a la mujer que amaba.

–¿Qué contestas a eso? –le preguntó con la esperanza reflejada en la voz.

–Que sí –respondió ella, llorando y sonriendo al mismo tiempo–. Oh, sí, por favor –añadió antes de besarlo.

Epílogo

F UE OPINIÓN *unánime que la esposa del director cinematográfico Lorenzo Cavalleri, premiado como mejor director del año por su película* El roble y el ciprés, *eclipsó a muchas estrellas de Hollywood con su reluciente aspecto natural...*

Sonriendo, Lorenzo volvió a echarse sobre la almohada. Acarició la desnuda espalda de Sarah mientras continuaba leyendo el artículo del periódico.

–*Sarah Cavalleri iba impresionantemente vestida con un bonito traje de noche azul marino de Valentino y la gargantilla de diamantes que ha lucido en todas sus apariciones públicas. El pelo rizado de la inglesa de treinta y un años caía libre sobre sus hombros mientras se dirigía de la mano de su marido a entrar en el Festival. Los expertos han especulado que el brillo de su piel tiene más que ver con la dieta y el ejercicio que con ningún tipo de maquillaje...*

–¡Oh, Dios! –exclamó ella, hundiendo la cara en el edredón.

Él se rió.

–La aparentemente natural belleza de Sarah ha sido catalogada como la precursora del comienzo de una corriente en contra de la extrema perfección.

En ese momento, Lorenzo le dio un beso en su desnudo hombro. El sol primaveral se colaba por la ventana de la habitación de la suite en la que estaban alojados. El traje azul oscuro que había llevado Sarah la noche anterior estaba en el suelo, junto con la camisa blanca y corbata de él.

–Eres famosa, tesoro –comentó Lorenzo.

–Famosa por estar tan ocupada dejándome seducir por mi talentoso y multimillonario marido que no pude maquillarme antes de la ceremonia.

–No, eres famosa por ser bella. Y tienen razón acerca del ejercicio. ¿Eres consciente de que van a lloverte ofertas de editores de revistas para que compartas con ellos tus secretos de belleza?

–El problema es que ninguno de ellos es apropiado para ser publicado. ¿Qué más dice?

–Nada importante –respondió él, besándole la barbilla. El periódico se resbaló de sus dedos.

Sarah lo agarró antes de que cayera al suelo.

–Uh, uh, no tan deprisa –dijo con la voz ronca–. Quiero leer donde explican lo brillante que eres.

Ella se incorporó y empezó a leer.

–Al llevarse el premio más prestigioso del Festival, Lorenzo Cavalleri homenajeó a Francis Tate, autor del libro en el que está basada la película y difunto padre de su esposa. Le dio las gracias en público por haberle regalado al mundo un libro ex-

traordinariamente bello y por haberle dado a él una esposa e hija increíblemente bellas. Fue uno de los discursos más emotivos de la velada.

A Sarah se le quebró la voz y tuvo que dejar de leer unos segundos.

–Fue... maravilloso –comentó después de aclararse la voz, acariciándole el pelo a su marido con infinita delicadeza.

–No pretendí que fuera tan corto –admitió Lorenzo, tomándole la mano. Le dio un beso en la palma–. Había otra gente a quien debía haberle dado las gracias. Sobre todo a ti.

–No tienes que agradecerme nada.

–Tengo que darte las gracias por... todo. Si hubiera comenzado a hacerlo, habría tardado toda la noche –aseguró él.

–Por lo que yo recuerdo, estuviste toda la noche haciéndolo –dijo Sarah, pícara.

–Hmm –murmuró Lorenzo, abrazándola estrechamente antes de besarla con pasión...

Bianca™

**Creía que él era su príncipe azul,
¿pero la habría llevado engañada a la isla?**

El objetivo del multimillonario Alex Matthews era Serina de Montevel, una bella princesa sin corona. Su deber consistía en mantener a su hermano bajo vigilancia, pero era Serina quien le interesaba de verdad.

Prácticamente secuestrada en una escondida mansión tropical, Serina descubrió que su decoro empezaba a resquebrajarse ante el poder de seducción de Alex. Antes de que la empobrecida princesa se diera cuenta, estaba ahogándose en los glaciales ojos azules de Alex y… despertando en su cama.

*Princesa pobre,
hombre rico*

Robyn Donald

La hija del millonario

PAULA ROE

El multimillonario Alex Rush no tenía
ni idea de que la mujer a la que había
amado tanto, Yelena, había sido madre; la paternidad de la hija de Yelena
lo tenía intrigado y la idea de que ella
hubiera estado con otro hombre lo
quemaba por dentro. La química que
había entre ambos hizo que se acer-
caran de nuevo el uno al otro, pero la
verdadera paternidad de la niña podía destruir una atracción imposible
de parar.

*¿Quién sería el padre de la hija
de Yelena Valero?*

Bianca

Si alguno de los presentes conoce alguna razón por la que este matrimonio no deba seguir adelante, que calle ahora o…

Jerjes Novros no se iba a limitar a protestar por la boda de Rose. Iba a secuestrar a la hermosa novia para llevarla a su isla privada en Grecia.

Una vez en su poder, aquella novia virgen tendría su oportunidad. Él, en cualquier caso, lo tenía claro: estaba dispuesto a darle a Rose la noche de bodas que se merecía.

La novia raptada

Jennie Lucas